U0585333

何建明文集（7）

南京大屠杀

何建明 著

作家出版社

图书在版编目（CIP）数据

南京大屠杀 / 何建明著 . -- 北京：作家出版社，2022.1
（人民文学头条：全 7 册）
ISBN 978 - 7 - 5212 - 1475 - 8

Ⅰ . ①南… Ⅱ . ①何… Ⅲ . ①报告文学 – 中国 – 当代
Ⅳ . ①I25

中国版本图书馆 CIP 数据核字（2021）第 127635 号

南京大屠杀

作　　者：何建明
责任编辑：田小爽
装帧设计：留白文化
出版发行：作家出版社有限公司
社　　址：北京农展馆南里 10 号　　　邮　　编：100125
电话传真：86 – 10 – 65067186（发行中心及邮购部）
　　　　　86 – 10 – 65004079（总编室）
E – mail: zuojia@zuojia. net. cn
http: // www. ZUOJIACHUBANSHE. com
印　　刷：三河市紫恒印装有限公司
成品尺寸：145 × 210
字　　数：110 千
印　　张：6.25
版　　次：2022 年 1 月第 1 版
印　　次：2022 年 1 月第 1 次印刷
ISBN 978 – 7 – 5212 – 1475 – 8
定　　价：188.00 元（全 7 册）

作家版图书，版权所有，侵权必究。
作家版图书，印装错误可随时退换。

本文献给 12 月 13 日——国家公祭日

目 录

序章
迟了七十七年的国家公祭

这是亟待问个"为什么"的问题。

毫无疑问，当全国人民代表大会常务委员会于 2014 年 2 月 27 日表决，宣布将每年 12 月 13 日定为南京大屠杀死难者国家公祭日时，南京的赵龙先生是最激动的一位，因为他是十年前第一个正式向国家立法机构提交将南京大屠杀纪念日作为国家公祭日提案的人。2005 年，在第十届全国政协会议上他首次提出此动议，并获得许多"两会"代表和委员的支持与赞同，由此形成了由 48 位政协委员的联名提案。"在南京大屠杀死难同胞遗址举行公祭活动，并以法律或制度形式固定下来，使世界永不忘记，让国人永世铭记"，提案如此明确其意义。

十年后，这一提案终被采纳并以国家法律形式确立下来，实在令人感叹！

我们怎能忘却七十七年前的 1937 年 11 月 12 日，日本侵略军占领上海。在这之前的三个月里，中国军队与日军在黄浦江畔展开了一场生死大战，这就是有名的"淞沪战役"。在此次战役中，中国军队阵亡 25 万余人，日军阵亡 8 万余人。此役激烈异常，最后以日本军队取胜告终。

淞沪战役之后的一个月，日军乘胜前进，分三路攻向中国当时的首都——南京，于 1937 年 12 月 13 日，进入南京城。进城的日军，以其占领者的优越感，在随后的几个星期里，残暴地屠杀了已经放下武器的中国守城官兵和普通市民达 30 余万人，在中国人心头和中华民族史上留下了永远难以愈合的伤痛……

30 余万人是个什么概念？

科学这样告诉我：一个正常成年人的血液大约为 4800 毫升。30 余万人的血液，应该约有 1500 吨！如果用 10 吨的车装运这些血，则需要 150 辆车。150 辆车组成的车队，可谓浩浩荡荡，见首不见尾。如果将 1500 吨的血，注入一根小管子内让其自然流淌，则需要数月时间方能流尽，流经的长度可以绵延几百公里。

科学还这样告诉我：一个人在绝望的时候所发出的声音为15000 赫兹。30 余万人若同时发出绝命的怒号，则产生的巨大震撼力超过 8 级地震，能将 20 层高的摩天大楼推倒……

　　啊，我苦难的 30 余万同胞，当年你们就是这样被一群野蛮的异国侵略者断头割喉、百般蹂躏甚至首体分离而亡……这是多么悲惨而残暴的一幕！

　　日军在南京实施大屠杀到今天，已经整整七十七年。

　　七十七年后的 2014 年春天，中华人民共和国全国人民代表大会常务委员会做出一项决定：将每年 12 月 13 日——日本侵略军开始在南京大屠杀之日，确立为"国家公祭日"。

　　这个"国家公祭日"来得好晚啊！但它毕竟来了。

　　如果不是今天的日本右翼执政者一次次挑战我中国，不断变本加厉地伤害我国人民的感情，我们可能仍然不会为被侵略者屠杀的 30 余万同胞举行如此特殊的仪式。

　　我健忘的民族，我宽容的祖国，也许不会让我来写这样一部作品——事实上虽然我也早早地知道了"南京大屠杀"事件，但一直认为早已有人写过这样的作品了。

　　"没有，绝对没有人全面写过。我向你保证！"对我说这话的人叫朱成山，他是侵华日军南京大屠杀遇难同胞纪念馆馆长、著名的日军侵华史研究专家。朱成山的另一个身份还是中国作家协会会员，他出的几十本书中，多数是与南京大屠杀相关的文章和随笔散文。

　　为了印证朱成山的话，我认真地搜索了"南京大屠杀"的相关书籍，结果令我大吃一惊：七十七年来，有关南京大屠杀的图书数以百计，资料性的研究成果堆积成山，但全面记述当年这场世界性灾难事件的作品，有影响的只有两部：一部是二十五年前原南京军区的作家徐志耕写的，一部是华裔美籍女记者张纯如写的。前者的贡献是：作者亲自走访了一批大屠杀幸存者，那些幸存者的口述十分珍贵；后者则以外籍记者的身份，收集和整理出了不少国外对当年南京大屠杀报道的资料，而张纯如的最大贡献是发现了《拉贝日记》……然而，这些作品或由于视角单一，或因为资料有限，尚不能全方位、大视角地深刻揭示日军南京大屠杀的罪行全景。尤其让人遗憾的是，在今天的中国年轻人心目中，有关"南京大屠杀"的概念，似乎基本还停留在《南京！南京！》和《金陵十三钗》等电影故事上，这实在是匪夷所思。

作为一个中国公民和中国作家，我决意沿着数十年来始终如一地刻苦研究日本侵华史的专家、中外作家以及日本退役老兵、民间人士所走过的足印，去重新回眸那段震惊人类史的悲惨时光，去抚摸那些早已沉默在天国的亡灵……可是，当我小心翼翼地打开那些落满尘埃的历史档案和苦难记忆时，却又被一个个意外的发现而深深地刺痛了心……

我发现：在七十七年前，日本侵略军在刚刚屠杀完我数十万同胞、将我美丽古都变成废墟后，竟厚颜无耻地做了一件事——

为他们在攻打南京时阵亡的千余名官兵举行了一个声势颇为浩大的"公祭"!

这一天是 1937 年 12 月 18 日，也就是日军进入南京城的第六天。

日军的"公祭"是在南京机场举行的，有 1 万多名日军将士参加。关于这一"公祭"活动，在侵华日军的将士"日记"和"回忆录"中还能找到相关记载。如刽子手佐佐木到一在这一天的"日记"里这样写道：

> ……今天寒风凌厉，似乎要下雪。全场精锐的陆海军官兵肃立无言，面对已阵亡的战友之灵，献上虔诚的祈祷。陆海两军最高指挥官悲怆的祭文，震撼着官兵的肺腑，满场静寂无声。
>
> 我等全体军人随着司令官的参拜而敬礼。奏起《国魂曲》。

二战甲级战犯、南京大屠杀头号刽子手、侵华日军华中方面军司令官松井石根，竟然还在"公祭日"当天赋诗两首，其中一首这样写道：

紫金陵在否幽魂，来去妖氛野色昏。

径会沙场感慨切，低徊驻马中山门。

这就是日本人，作为一群加害于他国 30 余万人的侵略者，竟如此本末倒置、颠倒黑白地搞了这样一场"公祭"。然而无比遗憾的是我们中国人一直以来，基本上无人知晓此事。但日本人确确实实做了这样一次有模有样的"公祭"，似乎他们才是悲剧的主角和受害者。许多当年参加这场"公祭"的日本官兵"记忆犹新"，甚至对松井石根司令长官当时宣读的"祭文"内容也能倒背如流……

这就是日本。

我还发现一件事，据昭和十二年十二月十五日《大阪朝日新闻》披露：

在日军占领我首都南京的当天，日本首相近卫发表声明，声称是因为中国不理解"日本国坚持不扩大解决方针"，"低估了日本军队的实力，也低估了今日日本的实力"，"犯了一个致命的错误"，由于中国"以排日为前提"，鼓动"民族主义"，所以才"招致了毕千功于一溃的地步"，造成悲剧的"全部责任"应由中国承担。

这就是日本。一个在处理邻国关系问题上，经常贼喊捉贼、倒打一耙的国家。

　　我还发现一件更重要的事：

　　　经远东国际军事法庭批准押至南京军事法庭遭审判的南京大屠杀刽子手、原侵华日军第六师团长谷寿夫，在南京被枪决后，日本国内及他的追随者从来就没有认识其罪，相反始终将其作为"伟大的民族英雄"而记忆着。在一九六四年由下野一霍中将编撰、东京情报社出版的《南京作战之真相——熊本第六师团战记》一书中，对战犯谷寿夫如此评价道："将军戎马四十余载，尽心尽职忠诚于君主国家，乃至以死奉公。""虽为国尽力，一旦战败，其战绩即成敌国民之恨，冤罪之下，牺牲在曾指挥过最光辉战斗的雨花台之下。""其高尚的武德和崇高的军人精神，是真正的军人之楷模，受到所有世人发自内心之敬仰。吾等部下将士在扼腕痛惜其伟大的殉职之时，对其忠勇义烈致以由衷的敬意。"

　　在远东国际军事法庭的审判中，南京大屠杀的日军最高指挥官松井石根被判绞刑，为其叫屈喊冤者更不乏其人。后来日本将其灵位置放于靖国神社，多任首相数度参拜烧香……

这就是日本。战争是他们发起的，罪恶是他们制造的，然而他们仇恨与敌视的却是那些惨遭他们奴役与残害的民族和国家。

这就是日本——为了自我的生存和强大，可以任着自己的性子与意愿，挥刀举枪，从那边跨海而来，大肆掠夺他人财富与资源，任意残害他国无辜百姓，没有一丝的罪孽感，即使在国际法庭公判之后仍然不把这样的罪孽当回事，反而对自己的阵亡者倍加"怀念"并"痛祭"。

30余万人的生命啊！几十年来，日本人可以用一句轻飘飘的话一笔勾销，竟然还胡言乱语说是我们在"说谎"，是"中国人自己编出来的南京大屠杀"！

多么无耻！怎不刺痛我等的心啊！

公祭！必须公祭！这既是对自己死难同胞灵魂的安抚，也是给那些犯罪者的警示。我们早该这样做了！

中国从来不是一个没事找事的国家，且自古以来就很宽宏大度。我们想以和为贵地与世界各国和睦相处，尤其是与邻国世代友好，然而当今日本呢？

确切地说，是当今执政的一些日本右翼分子，是他们的过分猖狂和无耻行径挑起了我们民族的旧伤痛。他们不仅从来没有认真地反省自己的历史罪孽，反而一而再、再而三地挑衅国与国之间的交往底线：不承认自己的罪孽也罢，却偏偏还想把当年的军国主义的屠刀重新举起，连明明是中国的一个小岛——钓鱼岛也要占为己有。问题是：这还仅仅是表象。其实质，他们妄想侵吞别国、奴役其他民族的野心始终不死，并大有蠢蠢欲动之势。执政的日本首相及其同僚，一次又一次不顾深受"二战"日本侵略灾难之苦的中国等国人民的感受，而执意去参拜供奉着那些血债累累的甲级战犯灵位的"靖国神社"。这既令人恶心，又叫人百思不解的卑劣行径，让我们不得不重新撕开伤疤，去透彻地再看一遍血淋淋的悲愤史。

中华民族一向爱好和平，我们曾经放弃了对侵略国的战争索赔——关于这一点也有必要向我们的人民说明：对侵略国日本的战争索赔，1945 年《波茨坦公告》中有明确规定。然而在具体实施过程中，当时的美国等国家出于自身的目的，撇开中国，与日本进行了一个交易，于 1951 年在旧金山签订并于次年生效的《旧金山和约》，强迫其实已经不能代表全中国人民利益的台湾蒋介石政府放弃我们对战败国日本的索赔。这笔账，美国当政者可以说是心怀鬼胎，而日本国则是心知肚明。他们共同设置的这一严重损害中国人民利益的伎俩，应该成为世界和平史上的一大耻辱凭证。尽管如此，友好和宽宏大量的我们，不仅没有再纠缠旧账，而且在新中国成立后曾经多次千方百计地把友善之手伸向日本，将千千万万的优秀儿女送去东洋加强中日友好交流。但日本的一些政治家不干，屡屡阳奉阴违，挑衅中国人民的心理底线，直把整个中华民族的怒火重新点燃起来，也让那些深埋在"万人坑"里的一个个冤魂再度苏醒复活……

于是我们不得不以另一种特殊的形式——国家公祭，来警告这个罪孽深重又不愿悔改的邻国。同时也告诫自己的国民：要取得和平与安宁的幸福生活，就永远不能忘却历史、忘却苦难。

当象征国家权力的表决在人民大会堂公告后，每年的12月13日——这个带着国耻和痛苦的日子，从此要举行我们每个中国公民必须垂颅默哀的仪式。

这是一种痛苦的选择，烙在心坎上的记忆，它让我们有了一种新的国家意识。

然而，这样的选择和记忆其实来得太晚太晚。2015年便是世界反法西斯战争胜利70周年，由德国、意大利和日本三个所谓的"轴心国"发动的这场人类历史上伤亡最严重、最惨烈的法西斯战争，战火殃及全球60%的国家，约6000万人死亡，其中我们中国伤亡人数达3500万之多，经济损失在5000亿美元以上（当时的货币价值），为最大的受害国之一。

祭奠亡者，乃是生者的一种寄托希冀和自我约束与祈福消灾的行为，中国古人重之，有"神不歆非类，民不祀非族"。除头七、二七……五七、七七（断七）和百日、周年等祭祀日外，还有一年四季中的清明、寒食、端午、中元、重阳等祖宗流传下来的诸多祭祀节日。祭礼周全的中国，却偏偏少了一种祭奠，即对战争亡灵尤其是国耻之痛的祭祀。传统祭祀，人们多数是在对自己的亲人寄托思念之情。

以往，我们缺少国家形式的对那些因战争而死亡者的公祭，我们因此长期以来也就缺少了一份内心的爱国与强国的动力。

苏联人和今天的俄罗斯人做到了：每年5月9日，莫斯科广场上总会举行盛大的集会和阅兵式，无论哪一任国家领导人都会走向克里姆林宫一侧的无名烈士墓敬献上花圈。

以色列人做到了：每年犹太历尼桑月二十七日（4月末或5月初），来自世界各地的犹太人总会聚集在"大屠杀纪念馆"哀悼死难者，那悲切的鸣笛声令每一个人震撼。

波兰人和德国人也做到了：每年成千上万人汇聚到波兰南部的奥斯威辛小镇，在希特勒纳粹政府当年修建的"杀人机器"——奥斯威辛集中营旧址内，举行公祭，悼念被法西斯残害的350余万包括犹太人在内的普通公民与反法西斯战士。

美国人从不落后，他们有许多与战争相关的公祭。2011年，奥巴马总统签署命令，将日本军队偷袭珍珠港的日子作为"国家珍珠港荣军纪念日"，定期公祭在那场日军偷袭中牺牲的2300多名官兵。

　　中国以往一直没有国家形式的对"二战"死难者的祭祀活动，尽管我们伤亡 3500 多万！但是，一个令我中国伤亡这么多人的国家却每年都在声势浩大地举行与"二战"有关的公祭，且政府首相和高级官员皆要出席。

　　这就是日本。

　　天理何在？难道作为死了这么多人的受害国，我们就该无声无息？

　　提出这一自我反省的中国人是朱成山。朱成山原来是中国人民解放军的一名军官。二十二年前的 1992 年，他从部队转业到地方，开始在南京市委宣传部工作，因为当年的南京大屠杀纪念馆缺一位"能干"的领导，所以他被调任为纪念馆的副馆长。一年后，他升任馆长且一直干到今天。现在的南京大屠杀纪念馆知名度不仅在中国，在世界上也影响很大。2013 年，到纪念馆参观的人数达 500 余万人，仅次于到北京故宫博物院的参观人数。朱成山对纪念馆的建设功不可没。

　　朱成山说了两句令我有些吃惊的话。他说，南京大屠杀纪念馆能有今天这样的影响力，一得"感谢"日本人，二得归功于当时的南京市和江苏省几位有远见的领导。朱成山解释："感谢"日本人，是因为以战争手段残害了 3500 多万中国人的日本，竟然在中日邦交正常化十年后的 1982 年，突然搞了一出大闹剧，他们的文部科学省将日本中学教科书中原本一直清楚明晰表述为"侵略中国"的文字改为"进入中国"。此番掩饰其在"二战"时犯下累累罪行的复辟军国主义的行为，激起了中国人民尤其是那些南京大屠杀的幸存者和遇难者亲属的极大愤慨。一时间，知识界和幸存者及遇难者亲属纷纷写信给南京市、江苏省和中央领导，要求"把南京大屠杀血的历史铭刻在南京土地上"，"让日本人赎罪"的呼声震荡金陵内外。

"日本人不仅修改教科书，而且到处在为'二战'侵略战争中战死的日军将士竖神社碑、满洲碑，我们为何无动于衷？他们竖他们的招魂碑，我们竖我们的抗战纪念碑！"

"南京被日本侵略军残害了 30 余万人，应该立碑建馆，让世人牢记这一悲剧，更为防止日本军国主义抬头。"时任南京市市长的张耀华，是建造南京大屠杀纪念馆的主要决策者之一。如今张耀华先生虽年至古稀，然而他对当年建造这座具有世界意义的纪念馆记忆犹新——

1982 年夏，是个格外炎热的季节，日本文部省教科书事件激起了中国人民尤其是饱受灾难性大屠杀的南京市民们的极大愤慨。这个夏天的一个星期天，市长张耀华像往常一样来到办公室加班，日理万机的他，照例坐在办公桌前批阅各种文件与报告。他发现有一沓不同寻常的信件令他心潮澎湃，其中一封署名"崔卫平"

的南京大学中文系研究生的信引起了他的特别关注，因为信里的
每一个沉甸甸的字，都如洪钟般撞击张耀华的胸膛：

尊敬的市长：

最近，我从报纸上连续读到第二次世界大战时期，
日本侵略军在中国土地上施行法西斯暴行的记载，连续
见到一幅幅惨不忍睹的真实照片，常常激起我满腔怒火！
我在此学习了四年多的南京城，曾经是日本侵略军进行
杀人竞赛的场所！我所熟悉的街道，曾经布满了亲爱的
同胞的尸体和鲜血！三十万无辜的男女老少，三十万我
父老姐妹惨死在刽子手的屠刀下，奇耻大辱，何等的奇
耻大辱！

尊敬的南京市人民政府市长及各位负责同志，我诚
恳地请求你们：为历史也为未来，为南京人民、中国人
民，也为世界上所有爱好和平的人民做两件事：

一、在南京选择适当的地点，建立三十万遇难同胞
的纪念馆，在馆内陈列日本侵略军在南京所犯下的滔天
罪行的有关照片、文献和实物；

二、和有关部门联系撰写、出版通俗的、图文并存

的南京大屠杀惨案的历史记载，让小学文化程度以上的
人民群众都可以阅读。

……

　　第二封信是南京红十字医院的一名医生写的，他说：我身边
的孩子们常常问什么是日本军国主义，什么是南京大屠杀。当我
把报刊上所刊登的一些内容讲给他们听时，孩子们的眼睛都瞪大
了，惊诧了。而这个时候，我却又感觉似乎还少了些什么给予这
些孩子。于是我想，是不是应该有个专门的地方让我们的孩子们
了解当年日本在南京大屠杀的事……30余万被屠杀的同胞生命，
不能就这样慢慢地被人遗忘了！

　　那个夏天，张耀华收到类似的信多如雪片。有一位教师在信
中说："日本文部省修改教科书，将日本军国主义侵略中国改成
'进入中国'，并将他们屠杀南京市民的罪行一推了之，这样的丑
恶无赖行径，令我日不思食，夜不能眠。因此郑重建议南京市人
民政府在适当地方建造南京大屠杀纪念碑、纪念馆，以让世人了
解真相，铭记历史。我愿捐献一百元用作此需。"如此带着热度的
一封封信，如一阵阵巨澜，激荡着张耀华的心，令他脑海里不时
回响起周恩来常告诫的一句话：前事不忘，后事之师！

　　是啊，历史的需要，人民的期待，为什么我们不作为、不行

动呢？张耀华把自己的这份感受向市委和市政府其他各位领导坦诚托出后，立即得到了积极响应。于是在南京建一座侵华日军南京大屠杀遇难同胞纪念馆成了南京市的一项重要工程。

在张耀华市长等数位市委、市政府领导同志的带领下，工程全面进入设计与施工阶段。南京大屠杀幸存者的后代、著名建筑学家齐康先生，以精准而奇妙的思维，完成了纪念馆的整体设计，堪称绝美之作。之后，南京人以超凡的干劲进行着纪念馆的全面建设，并在抗日战争胜利四十周年纪念日实现了开馆。那庄严而肃穆的纪念馆墙上，镶嵌着邓小平亲笔题写的馆名：侵华日军南京大屠杀遇难同胞纪念馆。

从此，南京城有了一个可以让全世界爱好和平的人们去了解曾经发生在这个城市的那场人类史上少有的血腥浩劫的纪念地，而带来这场血腥浩劫的正是日本军国主义侵略者。

然而，遗憾的是，数十年来，本该彻底反省的日本，并没有将复辟军国主义的妄想抛弃，以岸信介为代表的一批右翼势力一直在兴风作浪，顽固不化。

2007 年 9 月 26 日，安倍晋三以小泉纯一郎路线的继承人身份登上了首相宝座。小泉何许人也？原来小泉的恩师是安倍的父亲安倍太郎，小泉上台后，"实现"了他作为战后首相在任期间公开拜鬼——到神社的目的。而小泉为了报答其恩师的最大"成果"

便是推荐安倍晋三当了自己的继承者。

第一次当首相没多少日子，由于党派之间的斗争，安倍下台了。几年后，风水复回，安倍晋三再次当选自民党党魁，从而成为日本第九十六任首相，并且成为第一位战后出生的日本首相。此人再次上台后，便承认"我的政治 DNA 更多地继承了岸信介的遗传"（引自安倍所著《美丽的日本》）。

中国人不太知道安倍与岸信介是什么关系。其实，漏网大战犯岸信介是安倍的外公。

一个是参与侵华决策的漏网战犯，一个是漏网战犯的外孙，两人不仅血缘上有关系，更重要的是政治基因的一致性。安倍上台后不仅将钓鱼岛事件升温，并引起中日两国外交关系紧张，而且公开在国际舞台上与我们对着干。安倍并非只喊话而不做实事的那种庸人，他是个"干实事"的日本新一代的政治家。

他毫无顾忌地参拜靖国神社。

他"呕心沥血"地企图修改日本"不战"的宪法。

他正一步步地将日本重新拉回到"二战"前的军国主义道路之上……

显然，我中国人民，这一次再也无法忍受了——国家公祭便成了我们警惕和提高自身自卫意识的一种必要的形式。

国家公祭，对中国人来说，是第一次，许多人其实还不是特别清楚它的实质意义。有些敏感而异常重要的问题是在笔者开始创作这部作品时所遇到的：

比如，我们讲"二战"，中国伤亡 3500 多万人，没有人怀疑。然而，一说起日本侵略者在南京大屠杀期间残暴地杀害了我 30 多万同胞时，却出现了喋喋怪论：首先是顽固的日本右翼势力的代表们一次次公开否认，甚至说是我们中国人在"造谣""说瞎话"；其次是日本政府尤其是像小泉和安倍这样的日本领导人赖账式的否定；再者是一些所谓的日本"名人"在不断地借助他们的名气刻意歪曲历史真相，甚至在教科书中篡改历史，轻描淡写地把南京大屠杀说成"日本军造成中国军民伤亡是合理的战争行为"等等。今天的日本社会，像安倍这样对自己民族曾经有过的反人类的罪行置若罔闻的执政者为什么在其国内民意支持率很高，可怕的原因便是当代日本国民中部分人宁可相信一些右翼分子说的谎言，也不愿正视自己民族曾经犯下滔天罪行的历史真相。

这并非根本。国家公祭的产生，令我强烈感受到的是：我们的国家需要这种国家公祭，因为今天许多人不读历史，过于相信"国外学界"的观点，甚至在我创作这部作品时，就有人对我说："小心，南京大屠杀到底死了多少人，国内外学界还有不少争论，尤其在日本，他们的说法与我们很不一样。"言下之意，是提醒我不要去啃"这块历史的硬骨头"，甚至劝告我"当心有人来暗算你"。真的吗？一些日本人出于自身民族利益的"说法"难道能掩盖得了历史的真相吗？他们在几十年前用屠刀活活砍死了我们几十万、几百万、几千万同胞，难道我以一个作家的名义把过去的一段真实历史写出来就会遭其暗算吗？

我已别无选择——只要接触"南京大屠杀"五个字，所有善良人的心灵都不可能平静了。

30余万人啊！30余万人的伤逝，难道还不值得让一个爱好和平的国家清醒，让一个曾经侵略过别国的民族赎罪，让充满阳光的整个世界认识这一问题的严重性吗？

老实说，我不是战争罪行的研究者，但过去的漫漫日子里，我天天沉浸在浩如烟海的日本侵略中国时所留下的种种罪行的史料和实物之中，我常常有种窒息的感觉——并且一下明白了为什么十年前风华正茂的张纯如在写完自己的作品后患了严重的抑郁症而开枪自杀于车内……

啊，想想这样的罪孽，日本人绝不可以对自己的罪行漠视与抵赖，更不可以在中国人面前对南京大屠杀的所有事实说半句"怀疑"之类的话，因为这早已被历史定论，且有无数战时参与大屠杀的日本官兵自己也承认的铁证。

1937年——"十一月、十二月，我们向南京进军，十二月底进入南京，迎来昭和十三年的元旦……我产生了这样一种心境，因为不知自己什么时候就会在战斗中死去，如果不干一些自己想干的事的话会是一种损失，所以在进军途中哪怕遇到平民百姓也会殴打他们、抢他们的东西，渐渐这种行为变得越来越野蛮起来。因为战争是带来让人感觉不到自己在杀人那样的异常心理状态的罪魁祸首，所以即使不是军人，哪怕是对敌方的平民也要打和抢，变得完全没有罪恶感……只要是中国人，无论是谁，都是敌人，都该杀。这样的心情变得越来越理所当然……于是我们渐渐都变成了一个个杀人不眨眼的人。"

类似这些由当年参加南京大屠杀的日本老兵所写的自省话语，我看了许多许多，而更多的则是那些赤裸裸叙述自己参与大屠杀的"阵中日记"，它们实在是无法想象的血腥与丑恶。当全世界（包括日本人在内）的读者阅读完我这部作品的时候，大家也许才会真正明白为什么善良、宽容、豁达的中国人会在七十七年后的今天，要为在南京大屠杀中死去的 30 余万罹难者举行公祭——因为这是一段不可更改的和血凝的历史。

因为——

它太沉重，太悲惨。它必须让所有的人铭记！

第一章
1937 年 12 月 13 日

1937 年 12 月 13 日，对南京中国守军和南京市民来说，是个末日，是个屈辱的末日，是个悲愤的末日，是个足以让人铭记千年的日子。全世界所有爱好和平的人都应当记住它。

在今天的中国，许多高级公寓的楼层里没有"13"层，人们说是一些"崇洋媚外"的中国人搬来了西方人的洋腔和习性。西方人忌讳"13"这个数字，是因为基督教里有个传说：在庆祝逾越节的前夜，耶稣和他的 12 门徒共进晚餐，后被门徒犹大出卖而死，信奉基督教的西方人因此特别忌讳"13"。1495 年，著名画家达·芬奇创作的《最后的晚餐》给了这个传说最形象的表达。

13 日这个日子真不是什么好日子：拿破仑逼西班牙投降的日子是 13 日；沙俄军队占领中国旅顺口的日子也是 13 日；淞沪会战开始的日子也是 13 日——这是前一个月的事情。可蒋介石及手下不曾想到的是，自己的首都——南京的沦陷日又是在 13 日！

对南京人来说，1937 年 12 月 13 日是个忌日。如今七十七年后，"12 月 13 日"，成为全中国人的公祭日。

七十七年前的 12 月 13 日这一天发生在南京城里城外的惨剧，是整个"南京大屠杀"的序幕……

无论如何，12 月 13 日对那些原本在南京驻防的中国守军来说，这一天的结局是所有人都不曾想到的。当然，12 日当晚被人提前用船接走的十几万守军的最高长官唐生智及几百名随行人员除外。

南京大屠杀除了追究日本人，国内曾有人多次谈到蒋介石和唐生智的责任问题。蒋介石的问题，中国共产党人对他有过自己的看法，用毛泽东说的话是：1936 年之后，对抗日还是"比较努力"的，故蒋的责任似乎也就如此了。至于守军最高长官唐生智，多数人认为，他本来就是个摆设，只是南京处在虎狼威胁前没有谁敢站起来直着腰杆抵挡一阵、承担首都守城之职时，他这位病魔缠身者的一番"慷慨激昂"成就了他当上总司令。能让唐生智担什么责任呢？蒋介石后来在武汉听取唐生智汇报南京守城的过程时，没有吱一声，其原因也在此。

作为十几万守城大军的最高指挥官，唐生智在日本人进攻南京、守城部队每分钟都在成百成千死亡的时候，他做了些什么，也应该是记入历史的。由此，我看到了当时一直在唐生智身边的司令长官部参谋科长谭道平的一篇回忆文章，里面倒有非常详细的记载：

　　……当日下午四时，在极度危急中，唐生智召集罗卓英、刘兴、周斓、佘念慈及师长以上各将领在唐公馆开会，这是南京卫戌战中的最后一次会议。唐生智首先宣布说："……南京现已十分危急，少数敌人业已冲入城内，在各位看来，尚有把握再行守卫否？"

　　大家都彼此面面相觑，空气冷寂到使人寒战，至是，他向大家公布了蒋介石的两份电文："如情势不能久守时，可相机撤退，以策后图。"同时，把撤退命令，突围计划以及集结地点，分别作了指示。到会将领都默不作声。不能言说的静寂刺激着每个人的感情，大家沉浸在悲愤的深渊里。

　　在这样的气氛下，唐生智又说："战争不是在今日结束，而是在明日继续；战争不是在南京卫戌战中结止，而是在南京以外的地区无限地延展，请大家记住今日的耻辱，为今日的仇恨报复！各部队应指出统率的长官，如其因为部队脱离掌握，无法指挥时，可以同我一起过江。"

突围计划下发后，不久就快天黑了。从长官部的窗口往外望去，远远可见紫金山满山都在焚烧，雨花台、中华门、通济门一带，也全是火光，南京城里异常混乱……

时夜，城东南隅，已发生激烈巷战。我和李仲辛还在唐公馆迅速搜集文件，等我们赶出来时，卫士们正将汽油向这所屋子浇洒。原来唐生智在上车时，以五百元和二十瓶汽油交给卫士，要他们把这所屋子焚毁。我们离开唐公馆，立刻赶到铁道部办公室，那里除了几个散兵在无聊地来去走动以外，什么人也没有。我们走进地下室，看见一元一张的钞票，零乱地散在地上，一具死尸倒卧在那里。我和李仲辛把遗留的文件烧掉后，急急地离开铁道部。

我们想从挹江门出城，可是走到挹江门，看见两边却布满着铁丝网，中间仅留有一条小径。第三十六师的士兵们举着步枪，做着瞄准的姿态，禁阻任何人的进出。第八十七师、第八十八师和其他部队退下来的官兵正向他们吵闹着，中间还夹杂一片老百姓哭叫的声音，四处断断续续的零乱的枪声。紫金山上火光照天，后面难民们扶老携幼还在络绎地过来，我们也只得在工事前面停住。我忽然想到第三十六师的这一团是奉命开来城中准备巷战的，因此，我就走向前去，对那守卫的士兵说：

"团长在什么地方？我有重要命令要交给他！"

"你是谁？"他问。

"卫戍长官部科长，我有符号在这里。"

他检查了我们之后，准许我和李仲辛通过铁丝网。我们到了挹江门口，见到了第三十六师的一位连长，我便把他们应担当的任务告诉了他。

我们已安然地出了挹江门，看见沿江码头上，秩序异常纷乱，枪声这边停了，那边又响了起来，人是成千成万，渡船却只有两三只。长江此时已成了生和死的分界线。一只船刚靠岸，便有一群人跳跃上去，冒失地坠入江里，也没有人来理会，几百只手紧拖住渡船的船缘。船上的人们怒骂着站在岸上不让他们开驶的人群，有的向天空鸣枪。水手经过一番好言劝说，竭力把船撑动。可怜！有好多人，还紧攀着船沿，随着渡船驶到江里，也有跌在水里随着江水流向东方。在这个俄顷里，人与人之间什么也没有了，战争的过失，黩武者的罪恶，让万代子孙永远诅咒吧！当渡船驶到江心时，对岸浦口又在开枪了，他们禁止南船靠近江岸，渡船只好在江心里团团旋转。因为过去唐生智曾指示第一军军长胡宗南，不准南京的人员擅自过江。这次撤退，虽则也已有无线电通知第一军，可是当时胡宗南部驻在滁州，命令还不及传到北岸的守兵，所以有此误会。

当时，日军也有一部分在江浦县境内渡江，所以隔江枪声很密，我和李仲辛也不知道这些消息，在枪声中向煤炭港匍匐前进，终于到达了海军码头，那里有江宁要塞司令部特务连驻守，停留着一只船。我们登船后，见船里已有三四百人，都是长官部的官兵，可是却不见唐生智、罗卓英和佘念慈。许多人主张立即开船，我尽力阻止他们，一定要等唐生智他们来后再开。等待了一小时以后，果然唐生智由南京警备司令部一个副官陪同着来了，一会儿罗卓英和刘兴也来了，佘念慈和廖肯却还没有来。唐生智命令又等待一个小时，后恐误了渡船的计划，所以只得下令开船。

现在再来谈谈这艘船的来历。原先在卫戍战发动时，唐生智为防止守城官兵私自渡江起见，把所有的船只交第三十六师看管，不准留有一船，违令即以军法论处。

12月7日，江阴江防司令部装运一部分人员和军用品开到江宁要塞外面的乌龙山，停留在封锁线外，后来周斓参谋长坚持把这艘船暂时取来，所以由我通知江宁要塞司令邵百昌，由小筏引港进入，停泊煤炭港，此次卫戍长官部人员得以逃生，全仗这艘船。

夜10点钟到达浦口，沿铁道北行，想到滁州，可是行不多远，在花旗营遭到伏击，据报江浦日军正向我们进行包围。因此，就改奔扬州向顾祝同部靠拢。唐生智因身体没有复原，行路困难，他的随从副官想了许多办法，只觅得一辆板车，车上还有牛粪。唐生智见了说："这辆车如何可以坐呢？"因此，仍旧由卫士们扶着前进。走不了几里路，唐生智委实走不动了，又问副官有没有车。副官报告说，还是那辆板车。唐生智叹道："我带兵二十年，大小百余战，从未有今日之狼狈。"无奈，只好上车向前行进，不时停车问左右："长官部人员都过江没有？""佘参谋长和廖处长来了没有？"态度异常沉痛。

由浦口向扬州，走不多远，途中有一座大木桥正着大火，我们一行共四五百人，在燃烧中的桥上艰难地通过。回望南京，火光烛天，尤以紫金山一带照耀如同白昼，数架日机在南京、浦口、乌龙山上空盘旋，枪声、炮声、炸弹声仍然在吼叫着……

唐生智走了，这位守城的最高长官走时心头肯定也很沉重，然而仅如此而已，他唯一感觉闷在心里很不舒服的是：他是在作为蒋介石和国民政府的"替罪羊"，很没有面子地在自己手中丢了首都南京，从南京城败阵而走。

从史料和国民党高级将领的回忆文章中都可以看到，当时蒋介石只对唐生智和他身边少数几位要员做了"撤离"的安排，其余人员和守军都是要求他们"突围"。如何突围，突围到何处？唐生智的参谋人员虽然制订了计划，但那份草草制订出的"计划"，基本上没有人按此实施，最要命的是许多正在前线与日军激战的部队根本就没有接到这份"计划"的通知，当他们的最高长官其实已经从长江搭船远走了好几个小时之后，才开始听人说"上峰"已经下达撤离的命令。但那时日军的屠刀已经架在了他们的脖子上，即使想走也无法脱身。更何况，僵持在城门口的守军官兵怎能忍心拍拍战袍上的尘埃，扔下那些成片成山倒在血地里的战友尸体就跑了呢？

不能。一般部队的官兵都不太可能这样做。但不这样做的结果又是什么呢？象征南京失陷的那一刻，当中华门被日军占领的13日0时30分左右，随着紫金山、雨花台、工兵学校等险要相继失守，日军的大炮立即向城区内展开猛烈轰击，中华门血战数小时后，被日军扬扬得意地插上了太阳旗——南京城至此宣告正式失守。瞬时，日军如汹涌的洪流，迅速冲进城区，部分守军与日军即刻进行白刃相加、拼死肉搏的巷战和就地战。但同时，一队队听说唐生智司令已经下达"撤离"命令的中国守军乱了阵脚，甚至多数还没有弄明白在激战时刻突然要"撤离"是怎么回事时，就被潮水般的退兵人流夹着、卷着、推着向城外的下关方向大逃亡……一时间，整个南京城陷入了绝望和恐惧之中。如果除去连日阵亡的一两万人，那么此时守军撤离的总人数仍应有十二三万！这十几万大军，此刻或有三三两两是有人带头在有序撤离的，但后来这些有序撤离的官兵仿佛像几涓溪水遇上了海啸，转眼被冲得烟消云散。此时的将军找不到自己的警卫，成营成团的士兵更找不见自己的长官，是炮兵的扔下了炮台化装成了伙夫，是机枪手的捡起了拐棍，是步兵的干脆把军装一脱穿上了百姓的便衣，军官已经沦落成"落汤鸡"无人理会，只凭自己本事你能走在前面的就可能捡条命，但走在前面的人发现比后面的人死得更惨——通向下关长江渡口的挹江门却不知何故死死地紧闭着，城门口，一位中校指挥官站在城墙上，握着手枪，向洪流般涌来的友军官兵，高喊着："不准撤！统统回去——"

"妈的，我们是奉唐司令的命令撤的！赶紧让我们过去！"

"再不让过去我们开枪了！"

乱成一片的逃亡队伍中有长官，有士兵，有拿枪的，有扛箱带包的，一看被自己人堵住去路，便骂骂咧咧开了，甚至有当官的举枪就朝天扣动扳机。

"我是上校团长，你个小小中校，给我让路！"

这下惹火了守城门的中校，只见他一挥手，命令自己的机枪手："谁要敢过来，统统枪毙！"

"妈的！竟敢朝自己人开枪！给我冲啊——"

"冲啊——"

城门内的逃亡大军，举枪的开枪，持棍的挥舞着向挹江门口冲去……

"打——"城门口的机枪、步枪齐鸣，一条条火龙袭向毫无准备和人挤人的洪流，于是赤手空拳的撤军队伍一片片倒下了，前面的倒下了，后面的人不仅没有后撤，而且更多、更猛地向城门口拥去……

"兄弟们，师长命令过我们，我们就是要守住这城门口，不让一个守城部队的官兵从这儿退逃！这是命令！决不能手软！给我打啊！狠狠地打啊，把他们都赶回城里去打小鬼子去——"中校疯了，自己人打自己人的士兵疯了。

冲向挹江门的撤军们弄不明白为什么逃亡路上竟惨遭自己人

的残杀！

"营长！好惨，好惨啊！"素称教导总队"六勇士"之一的张勇隆，身强力壮，撤离时他跟营长郭岐一行分散了，不想以为走得快的他，竟然最先遇上了最惨烈的一幕：

宋希濂的三十六师部属没有接到"撤离"的命令，于是守在挹江门的官兵死活不开城门，源源不断拥到那里的几万官兵只有拼命冲向城门，企图撞开门口，获得生路。而守城门的官兵死死不放，最后只得双方出手开火……开始朝天鸣枪，后来变成相互对射。城墙上的守军凭着居高临下的位置，机枪扫射下来，一片一片地倒在地上……但是后面蜂拥而来的人，身不由己，只好在惨死弟兄的尸体上践踏往前。殊不知，刚刚死去的尸体是软绵绵的，一踏上去立脚不稳就会摔倒，这前面的人一摔倒，后面的人又把摔倒的人踩死了……如此一批又一批的新尸体倒在地上，又有一个又一个踩在尸体上摔倒的人又成了新尸体……惨啊！谁也不停喊，谁也无法挡住这失控的局面。

死亡威胁在十几万逃阵的守军中蔓延着、恐惧着。

朝挹江门方向来的逃亡人潮越来越多，且势头越来越猛。那些急于冲出城门口的官兵人群中，有人自作聪明，搬来木门和木墙板壁，铺在成堆成堆的尸体上，然后成千上万的逃生者跳上这些木板与木门，继续往前冲。殊不料，木板下的尸体顿时腹破肠裂，加上你一蹬、我一踩，那热乎乎的鲜血溅起好几尺高，溅得逃生者个个头面分不清的血鬼一般……前面的人一边抹着脸上的血，一边拼命奔跑，后面的人却以为再不走快些就更没有命了，于是又把前面的撞倒，前面的人又成了成堆成堆的尸体，成堆成堆的尸体又血肉模糊，溅到了更后面冲过来的人……有人估计，被宋希濂部队的守军开枪伤亡及人挤人踩踏的死者不下几百人。

然而，更可怕的是由于前面堵塞，耽误了大量守军的撤离与突围时间，使得后面的日军追兵有了足够的时间来"收拾"这些已经丢掉枪炮、毫无组织、实际上沦为逃亡难民的中国军队官兵。

于是，更多中国守军官兵成片成片地倒下，成片成片的鲜血向长江边流去……

毕竟，当夜的日军还没有全部进城，赶在逃亡大军后面的鬼子们还不算多，所以大部分的中国官兵最后还是撤到了下关的长江边上，然而等待他们的命运却比在挹江门时前有堵军、后有追兵的处境更悲惨——这就是南京大屠杀中最严重的血腥一幕：多达10来万中国俘虏被日军集体杀害！

关于日军在长江边屠杀中国俘虏的现场情形和怎样造成如此残酷的血腥事件，后来有些幸存者——国民党军队老兵，在大陆和台湾都留下过不少珍贵的回忆。当我从中国第二历史档案馆和相关地方获取和看完这些回忆文章时，内心的那份震撼与恐惧数天不能平静——

田兴翔，当时的国民党陆军一〇三师六一三团排长，1937 年 8 月底随部队从湖北罗田调到江阴，先在笔者老家常熟参加阻击日军，后一直撤到镇江，最后随师部到了光华门参加与日军的决战。一〇三师进南京城时共 7000 人。师长对田兴翔等官兵们说："唐总司令说，南京是国家的首都，国际观瞻所系，我们这里有十几个师和特种部队，十几万人。我已下决心和大家一起，战到一兵一卒都要和首都共存亡……这是我们杀敌报国的好机会。"师长的话，对官兵们振奋很大，大家都做了为国牺牲、与小日本鬼子拼死到底的准备。

田兴翔这样回忆道：

"我们接防按常规作战法，以主力布防第一线城垣内外，但这里是日军主攻方向，他们的炮火、坦克、空军、步兵配合轮番向我轰击，造成我军极大伤亡。后来我军改变战法，把大部队后撤，以一连一营地轮换坚守。可是敌人的攻势更加迅猛，城墙城门都被摧毁出数段缺口，部队既要堵击敌人，又不断用沙袋等障碍物堆堵住击破口，这样伤亡更严重，一连一营换上去，不到二十分钟即伤亡殆尽，尸横遍地。阵地前，敌人也留下许多尸体。

"12 月 12 日入暮后，日军的坦克、骑兵数路冲入，师部电话紧急通知：'总司令部电讯中断，不知去向。'此时电厂停电，全城电灯熄灭，而紫金山等地方燃着熊熊大火，城内炮火交织，房屋燃烧如同白昼。可失去指挥的部队却呈溃散之势，纷纷向挹江门逃往下关，企图渡江。我们退到新街口，中山路上已被军队车辆逃难民众挤得水泄不通，行李什物抛塞满地，敌人的坦克骑兵又从后面追杀过来，故人群死伤遍地，原来成建制的连营甚至是团的部队彻底被冲散了，各自挤在乱成一片的人群中向下关奔逃。我挤到挹江门附近时，数万人不能出城，因为守城的三十六师宋希濂部没有接到守城部队撤离的命令而不让我们出城，且三道大城门洞口都用沙袋严严实实地堵塞了两米多高，人群出不去，于是急红了眼的城上城下官兵相互对射，造成遍地死尸，血流成河……"

田兴翔说："正在这当口，我偶然碰上了师部副官主任王景渊、少校参谋岑元彪等十多个贵州老乡。见前有堵后有追、无法出城的情况，上尉副官杨季余提议从城墙上吊逃出去。于是我们几个手忙脚乱地从街上绸缎铺里拿来几匹绸布拴在城墙垛口上，然后拉着绸布吊出城外，总算到达了下关，这已是午夜时分。没想到，江边已有数万军民混杂在一起，简直就是人山人海。大家到这儿只有一个共同的目的——找船渡江，可根本没有船。所以为了活命，大家各使奇招，有用木杆的，有用桌椅的，有用床架的，也有用门板的，等等，人就骑在上面，企图渡向浦口。但已到 12 月中旬了，江水特别冷，那天夜里风浪又特别大，溺江而死者不计其数。王景渊主任见状，便对我们说，趁早离开下关，向燕子矶方向去找船。于是我们几个贵州老乡搭肩共行，费了很大劲才算到了燕子矶。在那里，我们在江边的小渔村里找到一只小渔船和一船夫。"

"我们以为有活路了，于是把船拉到江里，哪知突然小船上一下跳上几十个人来，小船即往下沉……"田兴翔说。当时数王景渊官职高，他说："我先到对面的八卦洲叫副官开大船来接你们，你们先不要抢。"田兴翔等几位下官只好下船。

该船到江心时，这边岸上的散兵越集越多，有人冲着王景渊开走的那船高喊："把船开过来呀！"但岸上的人喊了一阵见无人回应，便端起机关枪就向小船射击。

田兴翔等一看渡江无望，便夹杂在其他逃亡散兵中向下游的芦苇滩乱窜。

"到 13 日中午，几十里长的大芦苇滩遍地都是散兵、乱马和逃难的老百姓。这时日军海军出现在江上，天上的日军战机也飞来了，他们从天上、从舰上，向我们芦苇荡狂轰乱射，芦苇顿时着火燃烧起来，我们这些逃兵，还有百姓，顿时被烧死的烧死，跳到江里的不是被淹死也是被敌人用机枪射死了……"和田兴翔他们一起逃出城的贵州老乡此刻一下走散十来人，只剩下他和另外两人。他们躲在一个小山脚，既冷又饿，走投无路，只能等到天亮后再想办法。谁知黎明前，一队队日军扛着太阳旗到处搜寻中国逃亡守军，就在田兴翔他们躲藏的几十米外，近百名刚刚逃来的一群中国军人恰巧被日军搜索队碰上，全部被枪杀。田兴翔等立即装死躺在芦苇里，这才幸免于难。

"不能再待下去了。"田兴翔说，无论如何要渡江过去，就是死在江里，也比被日军枪杀好。船找不到，他们便找来一只农民用的采菱盆——当地妇女们用来到池塘里采菱角的大木盆，又捡了两个散兵丢下的搪瓷饭碗作划水用。

"下江时天已入暮，浑身又寒冷，不到半小时，一阵风浪吹来，我们被掀倒在长江里，一下失去了知觉……"田兴翔说，"等我醒来时，已是第二天中午，见太阳正射在我头上，再定神一看，发现原来自己连人带木盆被一片芦苇拦住了！命大啊！我想哭都哭不出声……"

田兴翔确实命大。他后来被路过的一位老大爷搭救了。

"一年多后，我才知道了当时我们一○三师官兵逃出南京后的一些情况：师长何知重也是死里逃生从下关到了武汉，副师长戴之奇是化装成渔民脱险的，但全师活下来的只有1000来人，其余6000人全都被日军杀害在下关一带。师部的'军士训练队'400多学员兵被俘后遭日军集体屠杀，只有一个中校队长蔡国祥和一个身中七弹的学员兵劫后余生。"

这支在南京保卫战中立奇功的"贵州军",劫后余生的人为了纪念死去的战友们,抗战胜利后在贵阳市三桥那儿修了一座"抗日阵亡将士纪念碑",上面刻上了在南京阵亡的连以上人员的名字,但新中国成立后由于他们是"国民党军官"的身份,这个纪念碑被拆毁了。

13 日发生在下关的大屠杀事件,需要靠当时少量的幸存者回忆,而有些幸存者后来继续留在国民党军队里,解放战争结束时,多数到了台湾。这些幸存者虽然人在台湾,却对南京大屠杀时日军犯下的罪行,始终记忆犹新,而且写下了不少回忆录。我在访台时,有幸获取了一些珍贵材料。其中台北的《新生报》在上世纪五六十年代时就刊发了不少这样的内容。下面是其中的一位署名"老兵"的回忆片段(台北《新生报》,1964 年 4 月 29 日)——

　　十二日上午,敌军已经进入南京城内。此时,我守城部队仍然各自为战,沿途与日军作激烈的巷战,唯因日军的坦克车队已经进城,我军与之抵抗,当然都是有死无生。

　　当日军沿中山北路向我朝挹江门下关方面撤退之军民追击时,其中甚至发生我军自相残杀的现象。死伤累累，沿途尸首遍地皆是。

这时由新街口向下关方面撤退的人潮达数里之长。挹江门原来是关闭着的，待这一汹涌的人潮到达后，城门还只被挤开了一半，其余一半，犹未推开。而一些急于求生的军民，便如潮涌似的，争先恐后一齐向下关江边奔驰。由于你争我夺，大家反而都不易出去；这时后面的逃难者，也想争到前面，于是你推我拉，大家打成一团。在后面的乱军当中，更有的用枪向前面射击的，再还有用汽车向前面冲击的。如此一来，前面的人潮，有的死伤了，有的倒下了；凡是倒下去的，即使你是活人，也永无机会使你再爬起来。因为后面的人们，便会毫不犹豫地一齐向你身上踏了过去。据说被人踩死的男女，就有好几百人。我那时也在撤退的行列后面，到了城门一看，挹江门前死伤的尸体，几乎砌有一个人那样的高，后来清查其数不下五千人。我看大家很难由此出城，才转回水西门方向，另找出城的路径。

大家到了江边，这里混乱和悲惨的景象，更不是以言语可以形容的。因为大家都想利用船只向浦口方面逃生；但是这时江边的大小船只少而又少了，这些麇集在江边的数万军民，如何可以敷用？负责运输的几只比较大的轮渡开走以后，再也没有方法靠岸。刚才几只小轮才一靠岸，大家都如狂蜂似的一齐向上爬去；轮船一离码头，因为载重过量，连船带人即刻沉入江中。还有的人，看见自己还未上船，而船已经开走，他便用枪甚至机枪向船上射击，一人如此，人人如此，直把那船打漏得下沉为止。有人自雇木船，欲向对岸划去，或因超过重量下沉，或因被人打翻死亡，也没有一人可以渡过江去。更有的自用木板桌面做成临时木筏，以期脱离虎口，终因江中浪高数尺，空中风雪纷飞，结果仍然翻倒江中。于是满江都是人头，水面全是尸身，呼爹叫娘之声震动天地，救命叫子之音充满宇宙。世界上悲惨的事，还有比这一景象更甚的吗？

我由水西门从城壁上用绳子吊出城外，一到江边，正看见一只小木船离开岸边不远。因为装得太多，即刻沉了下去，其中有一位十分漂亮和打扮入时的小姐，掉下江后，左手提着一口小皮箱，右手抱着一块木板，大声在江中呼救。她说，如果有人能够救她性命，她愿意将她带的珠宝首饰以及现金二十万元奉送，而且也愿意嫁他。但是这时人人自顾尚且不暇，谁还能去做急公好义、人财两得的事？

下关江边数万军民，正在作生死的挣扎，意图渡过长江的时候，空中的炸弹和机枪，又在向这群毫无抵抗能力的军民头上大肆扫射和轰炸。顷刻之间，卧身血泊、横遭惨死者，其数当以千计。大家惊魂甫定，蓦然，一队队骑兵和坦克车队，又分由长江上下两游以及挹江门方面，直向下关江边扑来。一阵枪炮声后，大量的人群顿时减去了一半；而长江水中，则又陡增了成千成万的惨死之鬼。

我看时机迫切，即选择江边的贫民区去躲避。幸而离开江边不远，我用五元大洋买了一套破烂的贫民衣服，急忙将军服换去，并用灰土把脸上弄脏。恰好附近有一个八十岁左右的老乞婆坐在那里哭泣，我便一把将她背在我的背上，代她提着篮子，慢步向下游走去，口中塞着一块红薯，边走边嚼。突闻身后铁蹄声起，二十余个敌人，已经迫近我的身后，但我头也不回，仍然往前直走。一个十分凶恶的日本兵，一把将我抓住，嘴里叽里咕噜不知说的什么；这时我的心里反而异常镇静。我"呀呀"的装成哑巴，而且又把我的左臂伪装成残废。那日本兵见我只是一个完全残废的乞丐，他就使力把我一推，将我"母子"二人摔倒在地，这群强盗这才呼啸而去。过了许久我再给了这老乞婆二元大洋，把她放在地上，我又另作打算。

水陆交通既已完全断绝，一时当然没法逃走。我虽然暂时逃脱了敌人的残杀，但久了又将如何呢？多方考虑的结果，于是在这天的下午，我便又到鼓楼医院外国教会所办的难民收容所去登记，意欲躲过几天再说。谁知收容所里，已经收容了五六千个男女，真是人满为患。但为了自己的生存，又有什么办法呢，仍然只有挤下去。听说像这样的收容所，全南京城不知有好多个，而且全都人满为患哩！

这天晚上，我们正挤在一起睡觉的时候，大队的敌兵，忽然来到我们收容所里搜查。他们的目的，一方面是为寻找年轻漂亮的女人，一方面也是为看收容所里有没有我们的官兵。我们大家排成数列，一齐站在鼓楼医院走廊的前面，由敌兵的队长，逐一加以检查，稍有姿色的妇女们，都被拉入敌人的军车中，凡是光头的青年男子，或者头上有戴过军帽黑白不同的痕迹的男人，都一律被他们押入军车。我因为是干炮兵的，平日已经留上了西装头，这时已是一头乱七八糟的散发，再加上我穿的是破烂衣服，所以当时才侥幸逃出了他们的魔掌。

凡是未被抓出的，以为自己的灾祸可以避免了，谁知敌兵正要撤去时，竟有一人大叫"立正"口令，敌兵看见男子当中，有谁听到"立正"而站好的，又被他们拖上车去。我虽然受过严格的军事训练，他们突呼"立正"口令时，我也曾立了正，但我站的是中列，比较隐蔽，同时我立刻就已明白敌人这声"立正"口令的用意，所以我又马上装成毫无所闻的样子。于是，我又逃出了敌人严格搜查的大关，但我有一同学，就是因此罹难……

这位老兵后来在一个星期之后，趁着水上交通刚恢复，才于当月 21 日再度偷偷从下关渡过了长江，沿津浦陇海铁路转入长沙，重新回到了抗战部队。

解放后一直生活在江苏省六合县的唐广谱，也是南京大屠杀中从下关渡口死里逃生的少数老兵之一，1937 年南京失陷前时他是守城部队中的教导总队三营营部勤务员。这位机关兵也目睹和经历了 13 日的劫难与之后死里逃生的那一幕。他给我们讲——

1937 年，我才十几岁。当时在国民党教导总队第三营营部当勤务兵，驻守在上海江湾。自蒋介石下令国民党部队全部撤出，我也随教导总队从江湾节节败退，一路逃到南京。我们逃到南京不到一个月，日寇又进逼南京。教导总队被布置在城内担任城防任务，指挥部就设在新街口原国民党交通银行地下室，我做警卫。

我们进驻交通银行地下室不久，日军攻入了中华门。当得知日军冲到太平路时，教导总队的头脑们就拔脚先逃了。我和六个弟兄，也连忙向下关方向奔逃。这六个弟兄中有一个叫唐鹤程的，是盐城人，与我至好，故相约结伴逃命，至死不离。

我们六个人跟着逃亡的人群向挹江门跑。一路上，逃命的国民党败兵像潮水。当我们来到挹江门时，挹江门口被人流堵得水泄不通。有的人在拥挤时被摔倒，人们就从他身上踩过去，再也起不来了。看到这情况，我们六个人相互用绑腿把彼此的手臂绑在一起，相约如果谁倒了，两边的人就把他拉起来。就这样，我们六个人一道硬挤出了挹江门。

溃逃的士兵把整个下关的大街小巷挤得水泄不通，望着眼前的大江，人们不知往何处逃是好，我们也随着人流盲目乱跑。这时，有一个当大官的，骑着大马，冲进人群中，用话筒高喊："……弟兄们，要活命，跟本人冲！"乱兵们看到有当官的指挥，也就镇定些了。那个当官的叫轻、重机枪在前开路，步兵随后，往上新河方向奔逃。当大量溃兵奔到上新河桥时，桥窄人多，很多人都挤不过去。我和唐鹤程没有挤过桥，其他四个人也和我们挤散了，不知去向。我俩没法，只得跟着没有来得及过桥的溃兵，沿着长江向龙潭、镇江方面跑。

我们利用高高的芦苇作隐蔽，在江边芦苇滩高一脚低一脚地向前奔逃，当我们逃到一座桥前，鬼子已在离桥不远的城墙上，架上几挺机枪，把桥封锁住了，许多想冲过桥的人，都被打死在桥头、桥尾，血流满地。我们趁鬼子扫射停歇的片刻，冲过桥，往燕子矶跑。到了燕子矶街上，已见不到一个人影。我们找到一块厚厚的肉案板，两人使尽吃奶的力气，好不容易把它抬到江边，放在水里，想扶着它渡到江北去。可是我们忙得筋疲力尽，它还是在南岸边转溜，没办法，只得又回到燕子矶。

天黑了，日本鬼子杀人的枪声越来越近。我俩没命地跑上山，蹲在坑里，不敢发出一点声音。天还没亮，日本兵搜山时发觉我们。鬼子把我们押至街心的一个空场地里，背靠背、手臂对手臂地绑起来。此时，场地上已站满了像我们一样绑着的人，而且还有许多人陆续被鬼子赶到场上，捆绑起来。后来，我俩随着这一大群人，被赶到幕府山原国民党教导总队野营训练的临时营房里。
这所临时营房共有七八排，全是竹泥结构的棚子，里面
塞满了被鬼子抓来的人。我们被关在里面，连饭也不给
吃，到了第三天，才给喝水。鬼子稍不如意就开枪杀人。
到了第五天，我们被饿得肚皮贴着脊背，都只剩一口气
了。很明白，鬼子要把我们活活地饿死，有不少大胆的
人，认为饿死不如拼命，就暗中商定以放火为号，各房
的人一起冲出去。那天晚上，有人烧着了竹屋。火光一
起，各房的人都一起向后冲去。当大家推倒营房竹围时，
见竹围外是一条又宽又深的沟，人们急忙地跳下沟，泅
水或涉水逃命。可是，沟外却是一堵绝壁，大家都傻了
眼。这时，鬼子的机枪向人群扫来，血把沟里的水染得
通红。逃命的人又被押回房里。因为房子被烧掉了不少，
只得人靠人、人挨人地挤着，像塞人罐头一样，透气都
十分困难。

　　第六天早上，天还没有亮，鬼子就把我们都赶到院
子里，把所有的人臂弯对臂弯地用布条捆绑起来。等到
全部人都绑完，已经是下午两点多了。然后，鬼子用刺
刀逼着这一大群人排成队，向老虎山方向走去。当时，
人们已饿得一点气力也没有了。日本鬼子在队伍两侧，

看谁走慢了，就给谁一刺刀。走了十多里，天已经黑了，敌人改道把我们赶到上燕门离江滩不远的空场地。六天六夜没有进食，又走了许多路，一停脚步，大家就瘫坐在地上，再也站不起来了。一时间，场地上黑压压地坐了不知多少人。

虽然如此，求生的欲望使人们觉察到鬼子要集体屠杀。我们相互用牙咬开伙伴的结头，准备逃命。人们还没有全部把结咬开，四面探照灯亮了，漆黑的夜一下亮得使人头发昏。接着，江面上两艘轮船上的几挺机关枪和三面高地上的机关枪，一齐疯狂地向人群扫射过来。大屠杀开始了。

枪声一响，我和唐鹤程赶忙趴在地上。只听见许多人高喊口号："打倒日本帝国主义！""中华民国万岁！"随着枪声、口号声，许多人纷纷中弹倒下，许多尸体一下把我压倒在地上，他们的鲜血染透了我衣裳。我憋着气，动也不敢动。二十多分钟过去，枪声停息，我战战兢兢地摸着唐鹤程，拉拉他，低声问："你怎么样，受伤没有？"他说："没有，你呢？"话声未落，机枪声又响了起来，我吓得伏在死人堆里，一动也不敢动。等到第二次扫射停止，我发现唐鹤程一点动静也没有，就紧张起来。我用力摇他，他还是不动。当我摸到他头部时，才发觉他头上中了一弹，鲜血直往外涌，吓得我连忙缩进死人堆里……

过了许久，不听枪响，我想：要赶紧离开这里，才得活命。我慢慢地、轻轻地从死尸中探出头来。前头尸体七横八竖，挡住了我。我想：向前爬，敌人一定会发觉，就用脚勾住后面的尸体，慢慢地一点一点向后缩，缩到了死尸堆边，我再也不敢动了。

探照灯早已熄灭，黑沉沉的夜，淹没了大屠杀惨绝人寰的现场，江水哗哗，真像凄惨的哭声。不知过了多久，我才听到鬼子收拾东西的声音，接着便是他们走的声音，汽船也突突地开走了，我才大着胆，慢慢地连走带爬，向下游走了十几里。我爬到一个窑洞边，只见窑洞口也横七竖八地躺着被鬼子杀害的同胞。我也顾不得许多，爬进能避风的窑里。

迷迷糊糊地等到天亮，又迷迷糊糊地待到中午。当我看到一艘小船直向窑洞方向摇来时，吓得心都要跳出来了。当小船靠岸时，才看见船上有一老一少，都是中国人。原来，他们是南岸的人，为躲鬼子到对岸八卦洲去，现在趁鬼子巡逻船不在，过江来装牛草。我立即跑出窑洞，奔向船头，请求老人家救我一命。老人见我满身是血，一副狼狈样，让我藏在船舱里，用稻草盖好，把我带到八卦洲……

13 日这一天，对中国守军来说，是个绝命之日，也是日军残暴实施南京大屠杀过程中杀戮人数最多和最集中的一天，主要是针对逃出城却没能渡江而不得不滞留在下关江边的那些已经放下枪的中国军人。

当数以十万计的守城中国官兵在接到和未接到撤离命令后，他们冒死向长江边奔命，以图逃过死难，然而所有人都在急切间忽略了一件要命的事：天堑长江胜于百万雄兵。撤退官兵如潮水般涌至下关之后，突然发现江边根本没有渡江所用的船只，于是只得在下关以西的三汊河和再往东的煤炭港这么几里路之间的长江岸边来回奔跑逃命……沿江的大船和小船几乎全被日军与日舰炮轰击沉，于是中国官兵们只好千方百计自行渡江，他们从老乡家里抬出一口口棺材，当作渡江木舟，哪知由于想逃命的人太多，一口棺材下水后，总有十几个，甚至几十个人跳上去，抢啊，闹啊，又相互争夺和照应着往江中划去，结果不出十几米或几百米后就被汹涌江涛翻沉于江心之中，棺材成了无数官兵葬身于大江的陪葬品——那些溺水而亡的官兵最后都没有入棺而亡，多数喂了鱼，即使有些侥幸存活者，偏偏又迎来逆江而来的日军舰艇不分青红皂白、毫不留情地甚至是在哈哈大笑中用机枪横扫，于是我可怜的中国官兵死得体无完肤……

言心易，上士，曾是教导总队公认的一位勇敢、忠诚的士兵，打仗时每每冲锋在前，杀敌无数，营长郭岐特别喜欢这位无敌骁勇的士兵。13日那天，言心易与撤退的部队在挹江门失散，便仗着他天不怕、地不怕的胆量，怀着求生的意念，夹在去下关的人潮中东奔西跑。到江边后，一心想随便找一件漂浮物，再凭自己过硬的泳术和体力，希望能够游到长江对岸。可当他站在江岸左右一瞅后，简直吓坏了：这么多人啊！哪儿去找漂浮物呀？哪怕是一块木板在那种情形下都是稀罕物。怎么办？正当言心易不知所措时，突然听到有人在高喊："鬼子来啦！鬼子来啦！"顿时，江岸上更是一片混乱，跳江的跳江，往芦苇荡里钻的钻，更多的人则在岸头上无方向地奔跑……

言心易踮脚想看清日军到底从哪个方向来，可他的双脚还未站稳，就见头顶上火光闪闪——日军的炮火和机枪子弹已经哒哒哒地轰隆隆地在他身边和周围开花了！

毫无战斗力和反抗能力的中国官兵立刻成了日军枪炮的活靶子，弹雨之中，成千上万的肉躯一排排倒下，而更多的人仍在奔跑和绝望地哀号。言心易见势不妙，便跟着抱头仓皇逃窜，但他感觉自己的双脚不听指挥，怎么也踩不实，低头一看，原来都是那些被敌军机枪和炮弹击中的伤亡战友。"救救我，别踩我……"言心易觉得有人在他脚下哭喊着，也曾有人拉住他的腿，他想俯身看一眼，可很快又收回自己的目光——因为躺在他脚下的人太惨，惨得甚至连看一眼都不忍……还是逃吧，逃出去就是活路！

那一刻，言心易觉得自己就是罪人，因为在踩踏过程中他见过几张熟悉的面容，但此时此刻，他无法停止自己的脚步，否则另一个倒下去的一定是他言心易。

逃！奔命地逃！言心易在千千万万混乱的逃亡官兵中寻找着自己的生路。突然，他听到一个声音："立正——！"

奇怪，谁在这儿喊这样的口令？言心易一惊，回头一望，见一名挥动着战刀的日军军官威风凛凛地站在一个高地上，用中国话在喊口令。

为什么要"立正"？言心易没有反应过来，却看到许多奔跑中的中国官兵突然停止了脚步，条件反射似的站住了。一个站住了，便有十个跟着站住了，随后有更多人站住了……言心易也不得不跟着站住了，因为他看到那些没有站住的人，被飞来的雨点般的机枪子弹击中倒下——子弹是从那名日军军官身后的至少有一个排的日军机枪手那里射出的。

"立——正！"日军官再一次喊口令。

言心易趁机扫了一眼停下来的中国官兵人数，应有两三千人，这都是些劫后余生的命大者。小鬼子让我们立正后想干什么？正在言心易想着的时候，第二个口令又从那军官嘴里喊了出来："向后——转！"

向后转是——是长江呀！言心易本能地跟着所有人往后转身，而转身的第一眼，他和所有人都看到了滔滔不绝的长江。

"开步——走！"日军官发出第三个口令。

言心易迟疑了一下，却又把腿缩了回来，他见多数人则顺着口令往前走，走向寒冷刺骨的大江之中……那些扑通扑通跳进大江的人很快有的挣扎，有的则想往回游，有的则继续往前游，但无论往前和往后游的人，都在雨点般的枪弹射击下慢慢地漂在江面上一动不动，只有身边的水渐变成一团团红色，直至一片红色、一江红色……

那是鲜血，那是水和血搅在一起的 1937 年 12 月 13 日的南京下关段的长江。

我的天哪！言心易看着自己几千名战友仅在十来分钟时间里便纷纷丧失了生命。他想喊、想哭，可是没有力气，也没有机会。就在他迟疑和止步的瞬间，日军的子弹已经飞向他和那些停止脚步没有往大江里走的人……言心易的脑子里一闪：快卧倒装死也许还能活一次！但他的反应并没有子弹飞得快，骤然间他感觉后脑被什么东西重重地一击，身不由己地栽了下去……完了，一定是中弹了！迷迷糊糊间，他有一丝意识——他扑倒在一个尸体堆里。

是死了？言心易觉得自己也快到地狱了，但感觉好像没有，因为他意识到头顶有一股很腥很腥的东西在往嘴边流淌……啊，是血！是自己的血？脑袋开花了？言心易紧张地想着。

他轻轻地用左手到后脑一摸：黏乎乎的，是脑袋开了，但没有裂花。那流到嘴边的血是其他人的……其他人都已经不能动弹了！他们一定是死了，或者跟自己一样——半死不活。

"统统的枪毙！"

"死啦死啦的！"

言心易听到耳边又有声音了，一定是日军，他们说的中国话不利索。不能张开眼睛了，装死可能是唯一不死的机会了！言心易慌忙闭眼，佯作死状……日军的皮靴声已在几米之外，那骂骂咧咧的听不清楚的日本话就在耳边。言心易知道日军正在检查尸体，给那些没死和装死的中国官兵补枪补刀。

日本兵的靴子声已经在他身边停住，似乎有零点半秒的时间没有声音。言心易的心吊在嗓门口：日军一定在审视着这具"尸体"……突然，言心易的腰部被重重地一击，日本兵猛踢了他一脚！言心易只有脑子是有意识的，所以他的身子顺着那重重的一脚翻了个身，顿时他觉得自己的头是朝下了，只有两只脚在上面，又过了零点半秒时间，突然身上被重重地压了两下：是什么？啊，一定是另两具尸体——真正的尸体。

言心易觉得自己被压得有些窒息。但他宁可这样被深深埋压，因为这样他就有可能逃过日军的眼睛。

他成功了。

日本兵骂骂咧咧地用刺刀在言心易的上面刺了几刀后，跨过了他的这堆尸体……

后面的时间是怎么过来的，言心易自己都记不清了，反正后来一直是迷迷糊糊的，似乎是睡了又似乎是昏过去了，总之半意识之中的言心易再度清醒过来时，听到一个声音："阿弥陀佛，罪过罪过……"

会是谁？言心易的心一惊，闷住呼吸听……

不像是日军。于是他轻轻地睁开眼睛：是一个老人。

"你还没有死呀？"那个老人与言心易的目光碰到了一起。

言心易这回把眼睛睁大了："老伯，鬼子走了吗？"

"走了，全走了！"老者点头，又俯下身子问，"你伤了哪儿？"

"好像是后脑壳。"言心易有气无力地说。

"没死就好！快起来吧！"老者扶起言心易。

言心易这回可以左右看了。这一看，他彻底傻了：怎么全死了？死了这么多人啊！

"喔呕——"言心易心头一阵恶心，肠根子立即像被钩子拉扯了一下，喉咙里顿时翻江倒海般倒着混浊的水儿……

那一眼谁都会吐断肠根。在言心易的身边，是堆积如山的尸体，多数还在冒着血泡，有的头开了，脑浆白花花一片；有的脑袋与身子只连着一层皮，还在水里摇晃着；有的赤身裸体，身上的衣服不知到哪儿去了；更多的是尸体被血与泥搅混在一起，分不出谁是谁了。

"老人家，这里都是死人，你来这儿干啥？就不怕？"言心易一边四处观望，看看有没有日军，一边问。

老者长叹一声后，说："我老了，没啥可怕的。我想一下死了这么多人，总有个把活的吧。不想找了半天，就找到你一个……"

"谢谢老伯了！"言心易觉得自己有千言万语，但就是说不出来。

"走吧，小鬼子正在到处杀人呢！死人堆里不安全的。"老者拉起言心易。

"可南京还有啥地方是安全的呢？"摇摇晃晃站起来的言心易看看尸体如山、江水如染的下关江岸，忍不住"哇"的一声大哭起来。

"别别！千万别出声！我们走，走！"老者捂住言心易的嘴，拉着他快步离开了江边……

此刻，时间应当是 1937 年 12 月 13 日过后的第二天早晨。

1937 年 12 月 13 日，日军到底在进城的第一天杀了多少已经放下武器的中国军人，似乎从浩如瀚海的史料中也很难找出一个准确的数据，不过我在采访中，发现了今天南京城中有十几块专门为当年大屠杀而建的"遇难同胞纪念碑"。这些纪念碑大多数是上世纪八十年代由南京市政府根据大屠杀时的遇难同胞人数和地点统一建立的，但也有纪念碑是在抗日战争结束后由民间人士自发捐建的，它们都以自己的方式见证了那些地方曾是日军残害我同胞的地点。如今这些纪念碑，恰似一个个不朽的记忆，牢牢地耸立在这个城市的躯体上，格外引人注目，特别提醒人们——

燕子矶江滩遇难同胞纪念碑（碑文）

一九三七年十二月，侵华日军陷城之初，南京难民如潮，相率出逃，内有三万余解除武装之士兵暨两万多平民，避聚于燕子矶江滩，求渡北逃。讵料遭日舰封锁所阻，旋受大队日军之包围，继之以机枪横扫，悉被杀害，总数达五万余人。悲夫其时，尸横荒滩，血染江流，罹难之众，情状之惨，乃世所罕见，追念及此，岂不痛哉？！

爰立此碑，永志不忘。庶使昔之死者，藉慰九泉；后之生者，汲鉴既往，奋发图强，振兴中华，维护世界之和平。

（此碑立于长江旁燕子矶公园内）

东郊丛遇难同胞葬地纪念碑（碑文）

一九三七年十二月，侵华日军疯狂实施南京大屠杀，我东郊一带，惨遭杀害之同胞，尸蔽丘陇，骨暴荒原，因久无人收，而致腐烂腥臭。迨至翌年四月，始由崇善堂等慈善团体从事收殓，计于中山门外至马群镇一带，收尸三万三千余具，就地掩埋于荒丘或田野。越数月，察及于丘壑丛莽间尚遗其余，故时或恶气四溢。一九三八年十二月，复经伪市政督办责成其卫生局，又于马群、茆山、马鞍、灵谷寺等处，收集死难者遗骨和残骸三千余具，丛葬于灵谷寺之东。嗣于一九三九年一月，立"无主孤魂墓碑"为志。考其碑文拓片犹在，惜乎原碑久已湮没无存，爰特重立此碑，以示悼念，且告方来。

（此碑立于东郊南京体育学院北侧）

草鞋峡遇难同胞纪念碑（碑文）

一九三七年十二月十三日，侵华日军攻占南京后，我逃聚在下关沿江待渡之大批难民和已解除武装之士兵，共五万七千余人，遭日军捕获后，悉被集中囚禁于幕府山下之四五所村。因连日惨遭凌虐，冻饿致死一批；继于十八日夜悉被捆绑，押解至草鞋峡，用机枪集体射杀。少数伤而未死者，复用刺刀戳毙；后又纵火焚尸，残骸悉投江中。悲夫其时，屠刀所向，血染山河；死者何辜，遭此荼毒？追念及此，岂不痛哉？！爰立此碑，谨志其哀。藉勉奋发图强，兼资借鉴千古。

（此碑立于长江边上元门）

普德寺遇难同胞丛葬地纪念碑（碑文）

一九三七年十二月，侵华日军南京大屠杀惨案震惊寰宇。血沃钟山，水赤秦淮，我无辜同胞不幸遇难者逾三十万人。普德寺系我遇难同胞尸骨丛葬地之一，经南京红十字会先后埋葬于此者共达九千七百二十一具，故亦称"万人坑"。附录其年月及埋尸记载如下：

一九三七年

十二月二十二日葬二百八十具。

十二月二十八日葬六千四百六十八具。

一九三八年

一月三十日葬四百八十六具。

二月二十三日葬一百零六具。

三月二十五日葬七百九十九具。

四月十四日葬一千一百七十七具。

五月二十六日葬二百一十六具。

六月三十日葬二十六具。

七月三十一日葬三十五具。

八月三十一日葬十八具。

九月三十日葬四十八具。

十月三十日葬六十二具。

兹值中国人民抗日战争胜利四十周年，特此刻石纪念，旨在告慰死者于地下，永励后生于来兹：不忘惨痛历史，立志振兴中华。

（此碑立于城南雨花台共青团路）

江东门遇难同胞纪念碑（碑文）

一九三七年十二月十六日，日军将已被解除武装之中国士兵和平民万余人，囚禁于原陆军监狱院内，傍晚押至江东门，借放火焚烧民房照明，骤以轻重机枪向人群猛烈扫射，受害者众声哀号，相继倒卧于血泊之中。

遗尸枕藉，盈衢塞道，直至蔽满江东河面，且抛露风日之下，久无人收，情至惨烈。迫逾数月，因天暖尸腐，始由南京慈善团体收尸万余具，掩埋于就近之两大土坑内，故称"万人坑"。爰立此碑，藉志其哀，悼念死者，兼勉后人，热爱祖国，奋发图强，反对侵略战争，维护世界和平。

　　（此碑立于侵华日军南京大屠杀遇难同胞纪念馆内）

　　……

　　纪念碑上的文字是简洁的，但它们却如一座座埋葬遇难者的"万人墓"，所有站在它们面前凝视这些文字的人都会心颤，因为它让我们活着的人瞬间在眼前浮现起人类史上最悲惨的那一幕……

　　我们有理由让纪念碑上的文字活起来，永远走在现实生活的前台，让制造罪恶者在历史的长河里不忘赎罪、不忘忏悔……

第二章
屠城：金陵七日

如果说日军第一天进入南京城内心还有几分恐慌的话，那么到了 12 月 14 日之后当他们发现这座中国六朝古都完全被掌控在他们的铁蹄之下，如同一个被一群豺狼包围住的裸女时，大和民族强盗的那种放纵、无耻和以胜利者姿态自居的那般狂妄心态，简直到达了极点，因此之后的一周里，日军不再是人了，而是一群随意屠杀、奴役和欺凌中国人的野兽，甚至比野兽更残忍……

"日本兵举枪冲来，我举双手，从车子里出来。经日军同意，我爬过残破的城门，穿行在布满中国军人尸体的街上。见到日军的恶作剧——被砍下的头颅平放在路障上，嘴里放了块饼干，另一个嘴里插了支长长的中国烟斗。"美联社记者查尔斯是 12 月 13 日后少数被日军允许进入南京城的西方记者，他在发往《芝加哥论坛报》的报道中记述了最初两天的见闻：

"十四日，目睹日军洗劫全城……沿着横陈人、马尸体的街道走到北门，见到第一辆日军车子驶入城门，车轮在碾碎的尸体上打滑……"

"十五日，陪同使馆的一位仆役去看她的妈妈，在沟里发现了她的尸体。使馆另一位男工作人员的兄弟也死了。今天下午，看见几位我协助解除武装的士兵被拉出屋去枪毙，再踢进沟里。夜里，看到五百名老百姓和解除武装的军人的手被捆绑着，由手持中国大刀的日本兵押着……没有人活着回来。"

"十六日。去江边的路上，见到街上的尸体又多了许多。路途中遇到一长列中国人，手都被捆着。一个人跑出来，到我跟前双膝跪下，求我救他一命。我无能为力。我对南京最后的记忆是：死难的中国人，死难的中国人，还是死难的中国人……"

查尔斯只在南京待了几天就离开了，他实在无法待在这样的"人间地狱"里，他告诉他在美国的同行，说如果再待上一两天，他"必定窒息而亡"。

查尔斯的同行记者斯蒂尔，比他早一天离开南京。斯蒂尔在15日那天给《芝加哥每日新闻报》发了一篇题为《目击者叙述沦陷城市"四天地狱般的日子"》的报道：

（南京十二月十五日电）"地狱中的四天"，是形容攻占南京经过最恰当的字眼。

我刚刚和攻城开始后第一批离开首都的外国人一起登上"瓦胡"号军舰。离开南京之际，我们最后见到的场面是一群三百名中国人在临江的城墙前井然有序地遭处决，那儿的尸体已有膝盖高。

这是近几天疯狂的南京景象最典型的写照。

南京城陷落的过程也是在城中的中国城防军人难以言明的惊恐混乱的过程，以及接踵而至的日本占领军造成数以万计的生灵，其中许多都是无辜老百姓遭屠杀的恐怖统治的过程……

日军口口声声要寻求中国人民的友谊，但他们在南京的残暴行为使他们失去极好地赢得中国民心的机会。

在中国军队的士气完全崩溃和继之而来的盲目惊慌之后，日军进城时南京城里似乎有种模糊的、松了口气的感觉，人们觉得日军不可能比被他们打败的军队更差些。顷刻之间，他们的幻想破灭了。

日军只要宽恕困在城里的大多数已经放下武器准备投降的中国军人，就几乎可以不费一枪一弹地占领南京其余的部分。然而，他们选择了有计划地屠杀守军的做法。

　　屠杀犹如屠宰羔羊。很难估计有多少军人受困、遭屠杀，也许在五千至两万人之间。

　　由于陆路已切断，中国军人通过挹江门拥向江边，挹江门迅速堵塞。今天经此城门过，发现要在积有五英尺高的尸体堆上开车才能通过城门。已有数百辆日军卡车、大炮在尸体堆上开过。

　　城里所有街道都布满着平民百姓的尸体和被遗弃的中国军人的装备与军装，许多没有找到船只过江的军人径直跳入长江，十有八九遭溺死……

美国记者的客观报道，与他们的敬业精神历来叫人尊重。南京大屠杀的历史真相，很大程度上要感谢查尔斯和斯蒂尔，他们冒着生命危险在当时南京实地采访获得了第一手新闻材料。然而在当时，日军很快发现，他们的罪恶行径太露骨和"撼然"，因此对继续留在被他们占领的南京城的外国记者给予了清退，故而接下去的日子里，日军的屠杀行为大多被掩饰了。但有道是"世上没有不透风的墙"，尤其是几十年后，我们可以获得的信息来源也广泛和多方面了，因此关于日军占领南京城后几周里的所作所为，并未因为时间的久远而消失，相反却越来越清晰地被我们了解。

　　人变成了兽，就是野兽都不如的魔鬼，因为这种魔鬼最叫人可怕的地方是他们具有高智商和强悍的能力，故而日军后来在南京城所犯下的罪行，只能用四个字来形容：罄竹难书！

见了男人就杀

除了 12 月 13 日进城第一天日军在下关一带集体屠杀渡江不成的中国守军官兵外，14、15 日是日军在南京城内屠杀中国俘虏最疯狂的两天，这样的屠杀出于两种目的：一是日军害怕剩下的中国军人抵抗他们，二是游戏式的虐杀。故而出现了见年轻男人就杀的一幕幕惨剧——

14 日，日军一个大队从紫金山上下来进城前，他们抓到了一位中国少校军人，逼他带路通过太平门进了城里。这时突然迎面见一队中国军人，于是日军迅速将其包围。通过翻译，日军告诉中国军人：你们的司令长官们都逃跑了，缴枪投降吧！中国军人便纷纷把枪缴了。问这些中国军人哪个部队的，他们回答是刚从镇江那边撤退过来，以为南京城还有安身之地。日军听后大笑，以为这些中国军人都成为他们的瓮中之鳖。但日军很快有些紧张起来：自己才不足 100 来人，"敌方"的俘虏却渐渐多达 1000 多人！怎么办？开始日军把俘虏过来的中国军人用绳子一个个绑住，让他们站在城墙一角，后来人太多，根本绑不过来，且1000多个人，吃什么？请求上峰关于给不给吃饭的问题，回答：不给吃。不给饭吃倒不是大事，反正俘虏，饿几天也不算虐待。但几十个人要看守1000多人，什么"好事"（指抢奸盗乐玩）都干不成了，于是日军联队的官兵再次向上峰请示怎么处理俘虏。上峰回答："就地处理掉。"

"送你们走喽！"日军嘻嘻哈哈地把中国俘虏统统赶到城墙根下，让他们排成队，然后机枪、冲锋枪、步枪一起上……

1000多人用了十几分钟全部"处理掉了"。这个日军大队便扛着溅满鲜血的刺枪和太阳旗，扬扬得意地走向金陵城的大街小巷。

同一日，日军三十八联队的一个机枪中队从紫金山往下走，一条铁道沿着山谷向远方延伸，警惕性很高的日军既紧张又害怕，担心有残余的中国军人阻击，于是机枪手们赶紧卧下身子，架上机枪。果不其然，不多时，只见一队约一个旅的中国军人从尧化门沿铁道向日军机枪中队这边逃亡而来。因为队伍是举着白旗，所以日军没有开枪扫射。

1万多人哪！怎么办？日机枪中队请示上峰，回答是：将俘虏带进城来。

我们才几十人，押送这么多人不行呀！日机枪中队请求增兵支援。很快联队又派来一个中队，并要求连夜将俘虏押进城里。

200来人押1万多人，依然是个大问题，且已夜幕降临。日军尽管表面上气势汹汹，心头小兔子直跳。

进城后，机枪中队的日军发现，他们押来的俘虏被塞上一辆辆早已停好在一块空地的很多货车，说是分批送到一个地方去"处理"——俘虏们当然不知情。

这1万多俘虏就这样被货车运到下关的长江边，然后再由那里的日军实施集体大屠杀。"处理"的方法各不相同，有直接用机枪扫射，也有另一种办法的——"那边有个山坡，大家稍稍用力一推，货车就会往下滚。上头说：'把这些家伙扔到江里去！'于是大家就把货车连人一起推下了扬子江。"这是一个叫朝仓正男的日本老兵说的。

在城内搜索出来的中国俘虏越来越多，他们有的用货车押到下关江边直接"处理"了，有的整编制的一营一团甚至一旅的俘虏，日军也有些顾忌，所以先把俘虏押送到江边的那些废弃的仓库里，骗俘虏要给他们"安置"，其实也是为了掩耳盗铃地实施更残暴的"处理"——"仓库被塞得满满的。过了几天，工兵往那里点上火。虽然是命令，但还是可怜，全给杀掉或蒸烤死了。南京的仓库是用砖和镀锌铁皮做成的，所以从仓库的窗户里到处冒出滚滚黑烟。仓库里全是中国人，再也没有（装人的仓库）了，于是让中国人排成四列，不是几十米，而是更长。他们密密麻麻

地排成队，数量惊人。我们排好几挺重机枪和轻机枪。随着一声
'打'的命令，就啪啪啪地开始扫射了。不仅是我们中队，是所有
在那儿的联队都干了。"原日三十三联队第三大队老兵大田俊夫如
此说。

日山炮兵第十九联队八中队伍长近藤荣四郎在他的《出征日
志》里也记录了他参与 12 月 16 日的一次江边"行动"：

> ……今晚两万俘虏收容所起了火。去和警戒中队的
> 兵换班。终于决定今天把俘虏之三分之一、约七千人在
> 扬子江畔枪杀。我们去护卫，于是全部处置完毕。残余
> 未死者以刺刀刺杀。

> 月亮挂在山顶上。在皎洁清幽的月光下，临死者痛
> 苦的呻吟声真是无比凄惨。如若不是在战场上是见不到
> 这种景象的。九时半左右回来。这番场景终生难忘。

日军在 16、17、18 日的三天内，对从幕府山下来投降的 1.7
万多名中国俘虏，用同样的方法实施了集体屠杀。

为了求证这样的血腥事件，我从史料中找到了当时的日军现
场记录。比如与近藤荣四郎同一个山炮大队的黑须信忠在 16 日的
"日记"中这样说：

午后一时，从我炮弹兵抽出二十名去幕府山方面扫荡残敌。二三日前俘虏的支那兵之一部分五千余人被领到扬子江岸边用机关枪射杀了。其后再以刺刀恣意刺杀。我也在此时刺杀了绝对可憎的支那兵约三十人。

登上成山的死人身上去突刺时的心情，就是要拿出压倒魔鬼的勇气，用足了力气去突刺。支那兵在呜咽呻吟，既有年长的，也有小孩，一个不留统统杀死，试着用刀把头砍下来。这样的事真是迄今从来没有的稀罕事……回来已午后八时，手腕相当疲劳。

听听，这样的魔鬼杀中国人时的心境是何等残暴，他们的暴徒与魔鬼心态表现得淋漓尽致！

士兵目黑福治的"日记"记得简单，却把日军犯下的事实和杀害中国俘虏的数量说得再清楚不过：

十六日：午后四时山田部队枪杀了俘虏的敌兵约七千人。扬子江岸上一时间成了死人山，其状极惨。

十七日：午后五时去执行任务，枪杀了敌兵约一万三千名。这两天内山田部队杀了近二万人。各部队的俘虏似要全部枪杀。

　　十八日：午前三时左右起风下雪。早上起床见各山顶都顶着白雪，这是初雪。南京城内外集结的部队约十个师团。休养。午后五时枪杀残敌一万三千余人。

　　十九日：本来应该休息，却于六时起床。把昨天枪杀的敌尸体一万数千名扔到扬子江里，一直到午后一时。

没有比这样的暴行更残忍了！杀人在日军眼里已经变得平淡和平常，中国人甚至连猪狗都不如。

　　俘虏兵的可怜无法想象。当时从幕府山等其他地方败下阵来的中国军人投降以后，他们以为日军至少会按国际惯例尊重俘虏的基本生存权利，但日军根本无视国际法和基本的人道主义。在俘虏们被押至江边关进仓库后，仍不知即将到来的死亡，中方俘虏中还有人向看管他们的现场日军官写纸条恳求给一点点饭吃，从其表达的文字里我们可以看到这些俘虏的悲惨情形和日军根本无视他们而最后残杀俘虏的暴行。保存这份中国俘虏恳请纸条的是日军少尉天野三郎，当时他将这份东西寄给了国内的亲属：

　　大日本长官：

　　我们离了队伍投到大日本军队缴枪，希望给我们一

个安置的办法。但是到了这处已有三天，究竟有没有办
法处置数万可怜的人，饿了四天多了，粥水都没有半点
食，我们快要饿死了，在这生死的顷刻中，我们要求大
日本来拯救我们数万人的命，将来服从大日本的驱使报
答，你给我们的恩惠，赴汤蹈火，我们也甘愿，恳求大
日本维持我们一粥一饭……

投降军临时代表

啊，我可怜的投降了的中国官兵兄弟们，你们太天真和幼稚
了！身为"胜利者"的小日本皇军不可能发出"大日本"的慈善
之心，带着屠刀来到中国的他们，根本就没有这样起码的善良！
永远不可能！

饿着肚子，被骗到江边，等待死亡是中国军人唯一的命运。

这一点，数万放下武器的中国守城军人是不曾想到的，他们
的悲哀也在于此。

当时的日军认为，除了在 13 日晚和 14 日上午逃亡到下关一
带的中国守城军人外，南京城内应该还有 2 万左右隐藏着的中国
军人，因此日军见到街上五十岁以下的男人不管你穿着什么衣服、
什么打扮，或者你自己说什么职业，基本上都被作为"中国军人"

而抓起来，抓起来的若是人数在几个、几十个和一二百人的，便随意找个地方"处理"了。

日三十三联队三大队松田五郎等机枪手，14 日在城内参加"扫荡"，在一个巷子内抓到了 25 名俘虏。抓到后怎么办成了这些基层日军碰到的难题，问长官，长官说不知道，又说：反正由你们自己处理吧。

于是分队长就下令：让俘虏们排成队，然后每人前面站一个持刺刀的日军。"我拿刺刀嗬的一声刺去，哪知那人穿着棉袄，刀刺不进去，反而给紧紧地拽住了。我想这怎么行，就扣动了步枪的扳机，砰的一响，那人马上死了。"松田五郎说。

"我进城后只抓败兵，结果就有年轻男人把衣服给换了。那时候是各分队长去听取命令，我们士兵不明白具体内容。分队长当时光说了一句'现在去抓俘虏'。你说怎么区分那是不是便衣兵？所以我们就把年轻的给抓起来……"松田五郎对自己在南京城内做的事记忆十分清楚，几十年后他非常肯定地说："在城里杀人，都是就地而杀的。"

那一天他们中队抓了 250 多个中国俘虏，统统"处理"了。

有个日军海军，是个新兵，他是 17 日才被允许上岸。上岸后的心情，可谓"兴高采烈"："每艘舰上都有十七八个士兵从中山码头上了岸，由不到 100 人组成的陆战队沿着中山北路徒步进城，在中山北路路面上可以看到无数散乱的衣服，好像是谁脱了扔掉的。"上岸后走了一段时间，他们终于从被土草包堆得严严实实的挹江门门洞的缝隙中进了南京城。进城后，这位日本新兵也被自己的"战友"所"干"的事情惊呆了：

"我们到周围转了转，在看上去像是网球场的广场和看上去像是儿童公园的广场上看到尸体堆得很高，俨然是尸体堆积成的山。尸体有的手被反绑，有的四五人被绑在一起；有被刺杀的，有被枪杀的。另外当时怎么也觉得不可思议的是大冬天竟然在尸体堆中发现了很多赤裸的尸体。枪杀、刺杀所留下的痕迹非常明显，从中可以看出杀人方法多种多样。明显是被屠杀的尸体堆得到处都是，有的广场上有两个尸山，有的广场上有三个。另外，在一个家里我看到了两具无首尸体倒在已凝成糊状的血海中。被砍去头颅的脖子基本上收缩进了体内，被砍的伤口小得已几乎看不到。真是惨不忍睹……这对于年仅十八岁的新兵的我来说是无法承受的打击。"

"使我无法忘记的是位于南京城北的这一带的死一般的寂静。这里已没有生命，不用说已看不到活着的中国人，就连自由飞翔的鸟我都没有看到。"这位日军新兵后来看到的事，更令他终生难忘，"应该是12月18日。正在舰桥上站岗时突然听到了机关枪的声音，于是我猛然向中山码头望去，这时听到了射击声夹杂着似惨叫似怒吼的叫声，看到了人应声倒下的情景。这就是日军占领下的南京发生着的事。凭直觉我觉得被杀的是中国人，但为什么会发生这样的事，我的脑海里一片混乱。"

回到舰艇后，这位日本新兵道："只要船上站岗，每一天，从早到晚，一次又一次地看到分辨不出是俘虏还是一般中国人的一群群人被卡车运来，在中山码头被赶到河中后被机关枪射杀。尽管因为只离开几百米即使用肉眼也能看清楚，但我们放哨时很认真，都带着望远镜，所以用望远镜就看得更加清楚。卡车一车 20 人、一车 30 人地把人运到中山码头，日本兵就用机关枪扫射将他们屠杀在岸边的斜坡上。惨叫、怒吼，这样的叫声被轰响的枪声淹没，数十秒后一切恢复平静。遭射击的一部分人跳进河中以求逃生，但一会儿后就憋不住气浮上了水面，于是他们就又成了日本兵射击的目标，被击中的人要么当场沉入水中，要么顺着水流漂流而下，这样的状况一直持续着。他们有的穿着白衣服，有的穿着黑衣服，单凭衣服不可能辨别以前是否当过兵，但就这样被一车车地运了过来。为什么会被卡车运到被屠杀的地方呢，这对于我们来说是个疑问，只能想象成被命令干什么活，或者是做什么差使而要带到某些地方去。不然的话，怎么不会在途中从卡车上逃跑，或者不一定要到这里，可以在其他地方屠杀。不管怎么思考，答案似乎只有一个：他们是在某种情况下被骗到这里的。

"这样的情况每天都持续着。到了晚上偶尔会从对岸传来类似蠢动叫声般的吵嚷声。看到的是火焰摇晃着突然横向飞奔,仔细一看是放火杀人的情景。到了第二天,用望远镜可以清楚地看到被烧焦的像人形状的东西就像火灾后烧焦的木桩一样倒在地上。当时扬子江已进入枯水期,水位每天都在下降。所以有时前面被屠杀后陷入淤泥的人的尸体在岸边会层层叠叠地显现出来。有时我们看到日本兵强迫七八个中国人收拾层层叠叠的尸体,有的是挖一个坑,用绳绑住头或者尸体的其他部位后拉到坑里,也有扔进河里的。当时我一直在想,被强迫收拾尸体的这些中国人的生命后来到底怎么样了呢(生命的长久保障不会有吧)。"

这位日军新兵特别强调:"我所看到的中山码头的大屠杀是17日以后发生的事……但我觉得日本兵的枪击一直持续到我离开那里的25日。站岗大体一天两小时,第二天的时间就会变化。因为机关兵等其他的士兵并不上甲板,只有水兵等兵种站岗,所以每天都会轮到自己,一天至少一次,有时是两次。站岗期间,每天,每隔一段时间,枪杀等的杀人行为一直持续着。站岗时,不时有其他的机关兵等士兵嚷嚷着'让我们也看看',过来一起观看……"

屠杀中国人,在占领南京后,日军如同观看和参与游戏一般,时时处处，流露出"自然而兴奋"的心境。显然，这种游戏式的大屠杀，对"鬼子"们而言，刺激又亢奋，完全是兽性的、野蛮的，毫无人性可言的。

见年轻男人便杀，这是日军进城后最丧心病狂的屠杀——这过程中，失去组织和无处可去的中国守军官兵是最可怜的人，只要遇到鬼子，他们便成了枪下鬼魂。

江东门，原国民党"模范监狱"门口，一群50多人的中国守城官兵举着白旗，赤手空拳地在街上走着，迎面走来一队日军。"我们是俘虏了，我们来听从你们的安排。"中国军人以为这样就可以逃过一劫。

日军不分青红皂白地用枪将这50多中国军人赶到监狱附近的一个菜地，并命令他们排好队。突然其中十几个日军举起大刀就朝这些中国军人砍去……

"我只记得有一个日本兵高举着军刀向我砍来的凶恶形象，别的什么都不知道了。"刘世海是这50多个人中唯一幸免于难的人，他苏醒过来后发现自己被两具尸体压着。"同行的50多个人仅有我活着，现在我的脖子上还有一条10厘米长的刀疤。"

投降的中国军人再不敢成群结队在大街上出现了，所有三五人结队而行的男人都在日军就地枪杀的范畴内。

守城军某部的十来个士兵跟着他们的连长装成一队拉粪的民工，欲躲过强盗耳目，逃入附近的一个垃圾场。几个日本兵将其拦住，令其放下粪具，拿着扁担，搁在脖子上，列队成行。然后几把亮闪闪的军刀像剥蒜头似的砍下这些中国军人的头颅……当无首的身躯血柱喷涌时，站在一旁的鬼子们哈哈大笑，称之"臭熏红泉"。

这时一位中国男性市民路过，也被日军拦住，查他手相，见手掌有茧，便解下其棉袄上的带子，在其脖子上绕了一圈，然后由两个日军各执一头，开始"拔河"……

待这位中国市民气绝命断后，这俩日本兵又举起军刀，砍下其首级。当血淋淋的头颅在街头滚动时，日本兵又玩起了"踢足球"。

大街上，顿时血浆四溅，而日本兵竟然"笑逐颜开"。

日军猜测和试探败阵与散落的中国军人非常有一套。验手相——看是否有茧，有茧者不由分说，统统视为曾经的握枪军人，不管你如何辩解。被刀砍，吃子弹，全由鬼子想玩什么花招而定。

但有时也不尽然。有人在大街小巷里行走时，一见日军，吓得拔腿而跑时，日军便会举枪射击，直到看着你中弹而亡。这并非完结——加砍一刀、两刀，甚至十刀八刀，皆随兴致而言。

落魄的中国军人在城中东躲西藏，仍有很多人无处可躲、无处可藏，只好在街头佯装无辜市民。

日军见之，突然一声："立正！"

习惯在军队里听长官命令的中国军人，被这样的命令收住脚步，直挺挺地立正在原地。

"哈哈哈……"日军见状，兴奋地狂笑。接着，便是"嘭"的一颗子弹完事，或者上前"剥蒜""开瓜"。

于是，红红的血和白白的脑浆，流淌一地。

中国军人便在强盗口中一个个"立正"口令中命丧黄泉。

有一个中国军官，反应颇快。当日军突然发出并不太正规的汉语"立正"时，他知是诈，刚刚收住的腿，立即松下，佯装跛疾。

"你的，军人的干活！"日军将军刀劈下。

中国军人的左腿断下。

"你的立正的不？"日军令少了一条腿的中国军人站直。

肯定不能站直。于是，咔嚓，军刀下又一条腿断下，血水一片……

"你的立正！"日军再度令中国军人用断了下肢的残腿作立正状。

肯定又是无法"立正"。于是，军刀当顶劈下……

许多"立正"的中国军人就是这样倒在强盗的"口令"之下。

有些中国男人并非死在日军吆喝"立正"下的，他们是被扒光了衣服，在寒风凛冽的光天化日之下被残忍屠杀的。

一日，两个中国男人从小巷里走出，神情有些慌乱，因为他们确实是中国守城兵，两人是部队上的机枪手。

他们遇上了日军。

"把手伸出来！"日军比画着。

两人把手伸出。日军左看右看，似乎并不像整天握枪的人。这两个中国男人也算机灵，同样比画着手势，不断地指指肩头的担子，示意证明自己是小贩。

日军才不信，令他们把衣服脱光。

12月下旬的南京，第一场雪飘落而下。两中国男人光着身子冻得浑身发抖。日本兵看着哈哈大笑，令中国男人转圈，不停地转圈，然后突然令其"停住"！

两把军刀搁在中国男人的右肩膀上。"你们的，军人的干活！"

"我们不是，我们军人的不是。我们是商人……"中国男人恐惧地分辩。

"你们的肩上有茧！扛枪的干活！"日本兵用军刀，开始在中国男人的肩膀上挑剥，血顿时流淌到中国军人的胸前，又流到下身……

军刀搁到中国男人的下身并慢慢移到生殖器上。

血又顺着生殖器淌下，如雨滴，但不是雨，是鲜红的"雨"……中国男人浑身开始抽缩抖动。

日本兵又是一阵大笑。瞬间，更残酷的一幕出现：只见两把军刀一个飞旋……那两个男人的生殖器不见了，落在了地上。

"哎呀呀——!"中国男人还未来得及叫疼，他们的头颅已经落在了地上。一旁的日本兵在比试着各自军刀的锋利。

一个身子，分成三截坠落在泥地上。

日军轮流地用脚踢着三样东西：头、身子与生殖器。

许多中国男人就是这样被日本兵残害的。

这是另一种"见了年轻男人就杀"的情形——是日军第九师团第七联队干的：

二中队上等兵井家又一与队友一起在一户民房里做饭吃，因为天冷，几个日本兵想吃面粉拌葱汁，葱在何处？于是他们见街上有行走的中国男人，抓到了中队，说是让他们去附近的菜地拔葱。下午5时许，天快黑时，井家又一等被通知到大队部集合，"把拔葱的中国人一起带过去"。上司让他们把15个中国男人一起押到大队部。

"过去一看，只见161名中国人老老实实地待在大队部的院子里，他们望着我们，全然不知死神的降临。"井家又一回忆说。

后来这些中国人被连打带骂地赶到了古林寺附近的一个地堡处。那里有几所民宅。161名中国男人就被关在池塘边的一间单独的民房内。

"然后5人一组地被带出来用刺刀刺死。有的哇哇叫着，有的边走边嘟囔着，有哭的，有的知道死到临头而失去理智。吃败仗的士兵最后的归宿就是被日本军队杀死。"井家又一参与了整个屠杀的全过程，他这样记述这一惨剧："用铁丝捆住他们手腕，扣住脖子，用木棒敲打着拉走。其中也有勇敢地唱着歌迈着大步的士兵，有的跳入水中咕嘟嘟地挣扎，也有的为了逃命，紧紧抱住屋梁藏起来，任凭怎么喊也不下来的士兵。于是我们就浇上汽油烧房子，两三个被烧成火人的人刚跑出来，就猛地被刺刀捅死……"

片刻间，这里又成了一处人间地狱。为了掩饰，井家又一等日本兵往遍地的尸体上浇上汽油，再点着，连民房一起烧个光光。

井家又一他们的干法并非最出奇的。住在雨花镇能仁里的幸存者傅礼勤亲眼看到当时住在他家附近的十几个穷苦百姓，因为他们是男人，所以日本兵硬将他们当作"中国兵"抓了起来。然后令这十几个人排成一队，这回日本兵不是端起枪扫射，而是用一颗子弹，顶着第一个人的脑壳射击。再对准第二个、第三个……当日本兵发现有时一颗子弹一下能打死两三个"中国兵"

时，便手舞足蹈地嚷嚷起来，一脸"欢欣鼓舞"。

"有一个人没有被击中要害，解放后一直活着，外号叫'四卵子'。"傅礼勤说，"能在日本兵枪口下活下来的男人，实在算是奇迹。"

堵住防空洞就杀

在日军进攻南京之前，守军和国民政府为了防止日军轰炸而利用各种设施挖掘了大约5000个防空掩体。这些掩体有军事用途的，也有纯粹是躲炸弹所设，更多的是民间百姓自己在院子和房屋下自挖的地洞，大的可藏几百人，小至一家几口人所用。

一日，日军进城后发现，一些原国民党政府和军事部门皆有坚固的地下工事，开始他们以为是蒋介石等珍藏贵物和宝藏的地方，因为这些洞穴一般不易被发现，皆有地表掩蔽物。有的深不可测，有的是水泥钢筋大门紧锁，有的曲径通幽，更有地堡式的军事设置。日军对此十分惧怕，干脆见到这样的建筑，就用炸药爆破或直接掩埋。

"有人！我们这儿有几十个活人哪！"日军某联队把重磅炸药在一处地下工事的出口处实施爆炸。轰隆一声巨响后，只听倒塌的洞穴内传来几声乞求的哀号声，稍后见几个浑身血肉模糊的

"泥人"从残洞口滚出来，举着双手。

"死啦死啦的！"日本兵见状，迅速后退几步，端起冲锋枪和步枪，一阵扫射。

洞口平静了。后来几个胆大的日本兵进去一看，里面躺着几十具尸体。有军人，也有百姓，他们都是中国人。

在原国民政府交通部的防弹掩体里，日军搜出100多名放下枪的中国军人，然后让他们站在一起，用坦克上的机枪扫射，不足三分钟时间，100多具肉体全部倒在血泊之中。有个日军坦克手觉得射杀的时间太快，一点儿不过瘾，于是他把同伴拉到一边，自己拿机枪，再度对准已经躺倒的尸体，猛烈地射击了两分钟，直到把几串机枪子弹打光。他一边打，一边看着机枪子弹扫射下的中国军人的尸体血肉横飞的情形，哈哈大笑，这就是他们玩的"砸西瓜"。

后来日本兵对这样的防空掩体不再采取进洞搜索，基本一律用炸药将掩体轰塌封死，不管里面有多少人，也不管是死是活，统统掩埋。

百姓的小掩体太多太杂，这是日本兵非常讨厌和无奈的。但他们也有办法——夫子庙附近有个澡堂，澡堂的大门口有个地洞，日军进城时，十几个来不及逃跑的守军伤员和几个老百姓与5名孩子躲在里面。日本军进入澡堂，发现了地洞，对准洞内就是一阵扫射。怕还有人活着，于是在澡堂浇上汽油，一通大火，烧个精光。房子和地洞一起被掩埋在火海之中——不可能有活着的人存在。

李秀华，住在城郊西干巷的幸存者。十一岁那年，除她父亲外，所有的家人都藏在家里旁边空地下的防空洞内。日本兵来搜索，不见大人，便给小孩发糖，让小孩告诉他们大人藏在何处。小孩不敢吃糖，于是日本兵又继续搜索，结果发现了李秀华家的一个防空洞。日本兵威胁里面的人再不出来，就堵住洞口，用火烧，用烟闷死里面的人。李秀华的哥哥当时十九岁，刚刚结婚没几天，衣服穿着整齐，头发也理得有模有样，他第一个从洞里出来，日本兵一见，便认定李秀华的哥哥是"中国兵"，于是便用军刀将他砍死了。第二个出洞的是李秀华的堂哥，也是十九岁，这回日本兵用刺刀将其捅死。第三个出来的是李秀华的堂叔，命运同样。日本兵将三个男人杀害后，似乎仍不解气，"他们把尸体扔进洞内，又放进黄颜色、四方块的像肥皂一样的东西，然后点着火……"几十年后，李秀华回忆说。

第一批日本兵走了不到两个小时，第二批鬼子也来到李秀华家，这回日本兵逮到了李秀华的嫂子，将其强奸。李秀华的另一位亲戚大娘，以为五六十岁了，日本兵不会拿她怎样，结果还是被野兽们奸杀了，并且又将扒光衣服的尸体"展览"……

长白街头条巷 18 号，住着魏廷坤一家。日本兵进城后，魏廷坤的父亲带着老婆躲藏在成贤街一座尚未竣工的楼房底下的地下防空洞内。当时的洞里已经藏了三四十人。一位炸豆腐的老乡听到外面有动静，便在洞口张望，结果只听"嘭"的一枪，炸豆腐的人就死了。日本兵这下发现了地洞，用枪逼着里面的人一个跟一个地走了出来。就在大人往外走时，人群中有个小机灵鬼趁人不备时，钻进了墙边的一个烟囱里，这个小机灵鬼就是魏廷坤。躲进烟囱内的魏廷坤不一会儿，便听到外面一阵阵枪声……深夜时分，魏廷坤从烟囱里悄悄探出身来，暗淡的月光下，他看到自己的父母和 30 多个人全都躺在地上，已经被日本兵统统枪毙了。

日本兵对待这样的零星掩体，他们总结为"掘洞、打洞、埋洞"的所谓"三洞"战术，即在市面的商店和市民家里，发掘有没有掩体的地洞，倘若见是男人便就地枪毙或刺死，倘见是"花姑娘"就进行强奸——这叫"打洞"，然后把强奸、轮奸后的妇女扔进洞内，用手榴弹或炸弹，将洞穴掩埋。这就是所谓的"三洞"。

多少市民和俘虏被日军处死在防空掩体里，无人统计过，这仅仅是日军实施大屠杀的一个形式而已。

闯进宅门大院就杀

这是日军进城第一个星期里在全城范围内犯罪最多的行径——

中华门内新路口一个院子里住着一户四口之家的回民，另一户是九口之家的夏家。夏家的三女儿叫夏淑琴，七岁，妹妹三岁，因为她和妹妹还小，所以是唯一的幸存者。

那天日本兵突然闯进夏家的院子，先将回民家的男人和夏家的男人砍了头，然后将夏淑琴的姐姐和姑姑们强暴后又枪杀掉。

三岁的妹妹吓得号啕大哭，一名日本鬼子怒目而视地抬腿就要踢去。七岁的姐姐夏淑琴见状后，立即扑到妹妹身上保护。日本兵"嘎嘎"尖叫几声后，生气地端起刺刀，朝小淑琴后背上猛刺两刀，后见她仍有口气，又朝左臂上加捅一刀。

黄昏时候，小淑琴醒来，才知自己还活着。可她全家除三岁的妹妹外，其余七个大人全被日本兵杀害。

家住城南石坝街白塔巷口的秦老板，因为家里有三进房子，祖上传下的家产，日本兵进城前，许多邻居都逃命远走了，秦老板不舍得家业，便带老婆和孩子一家六口躲在家里。15日那天一早，几个日本兵端着枪一脚踢开秦家大门。秦老板虽惊恐，却依然装笑脸迎候。日本兵见秦老板戴眼镜、理平头、穿长衫，文质彬彬，不像是"中国兵"，又见秦的后面站着一位白发长者，"你们的什么的干活？"日本兵气势汹汹地问。

秦赶紧回答："我是生意人，开豆腐店。他是我们的房客，我们这儿的邮政局长。"

"你们家有中国兵的没有？"日本兵问。

"没有。我们都是良民。"秦回答。

"有花姑娘的没有？"日本兵继续问。

"没、没有。"秦回答得心虚，因为他老婆和孩子都在家里躲着。还有长者的老婆也在里面。

日本兵似乎生气了，将秦和姓徐的邮政局长一起拖到巷子口，然后用枪托猛击两人，秦老板和徐局长当即倒在街上。日本兵不甘心这样空手而归，便再次踏进秦家，很快将秦夫人和徐老太搜出。"哈哈哈，花姑娘的有！"

几个日本兵不管三七二十一，一拥而上，将秦夫人和徐老太扒光衣服，当着秦家四个孩子的面实施了轮奸……

被打昏在街头的秦老板和徐局长这时醒来，两人一听家里小孩哭、女人叫，知道出事了，赶紧往回走，年轻的秦老板走得快，一踏进门见自己的女人被日本兵糟蹋，欲上前与日本兵拼命，哪知还未动手，便被两个日本兵用刺刀一下捅死在家门口。

得逞的日本兵扬长而去。徐老太觉得自己一把年岁还被日本兵污辱，没有脸面活着，便要跳塘自尽。"你干啥？我没有走，你不要寻死嘛！"年近六十岁的徐局长一声叹息，叫住了自己的老伴。

赤身裸体的秦夫人觉得自己在孩子面前给日本兵奸污了，无颜活在世上，于是边哭边拉着最大十一岁的四个小孩子先后跳进了附近的金宝山塘里……幸巧被路过人见着并救起，可怜最小的一岁孩子因溺水而亡。

玉带巷 22 号住着李福义父子俩，其他人家早已逃往乡下，李福义不舍两间旧居，所以日军进城后没有离家。

李福义平时胆小，一日，日本兵敲门问声，李福义不敢前去开门，敌怒，即向屋内连开数枪。李福义不得不踱着步子前去开门……"八嘎！"日本兵不等李福义将门全部打开，便已飞腿一脚朝他胸前踢去，然后又把倒地的李福义拖到玉带巷口，拖一步刺一刀，一连刺了数十刀，直至断气。

待在屋里的儿子李学才早已吓得浑身发抖。日本兵并没有放过他，在弄死李福义后，折身回到李宅，端枪直冲里屋，几把闪耀耀的刺刀戳向李学才的胸口。

"啊！啊啊——"李学才痛得死去活来，拖着血体，企图往后院逃跑。日本兵大步追来，直逼李学才至墙根，然后对准他的喉咙与脑袋，连开数枪，直至脑浆四溅……

古都老城的民宅市井再坚固，也经不住铁蹄下的强盗刀枪侵入。

新街口有一深宅大院，里面住着一位姓杨的老先生，他是个旧式老知识分子，也是富有家庭的后裔。据说杨老先生的祖上明清时曾有人在朝廷上当差，故而其老宅是有模有样的大院子。国民政府成立后曾想征用作为一个军事机构所在地，但由于杨老先生"根子硬"，所以连政府都没能征下杨家的这块风水宝地。

日本人来了，杨家的上上下下纷纷逃到了外地，唯杨老先生坚持不走。"不就是小日本嘛！有啥可怕的，我又没欠他们啥。"杨老先生满不在乎。

无奈，杨家只好留下两个用人陪杨老先生守院。

日本人进城，大搜索、大抢劫到处可见。自然，像杨家这样的大院也难免。

"咚咚咚！"日本兵用枪托猛砸大门。

岿然不动。

"咚！咚咚！咚咚咚——"

"咚咚咚！咚咚咚！咚咚——"

日本兵的砸门声响如雷震。

"老先生，好像外面有人在敲门。开不开？"用人请示。

"开吧！不开非礼也。"杨先生抽着水烟，半闭着眼睛，说。

用人赶紧去开门。五六个日本兵瞪着眼珠，冲向开门的用人，就是几刺刀。"先——"用人"生"字还没喊出，就倒在血泊之中。

日本兵闯前庭、进二院，再入杨老先生安坐的后庭。

"你的什么的干活？为什么不开门？"日本兵的刺刀逼到杨老先生的鼻子尖上，并且用枪刺挑掉了他手中的水烟。

杨老先生眼皮一抬，不冷不热地："我，中国人。南京市民。在自己的家里，什么的不干！抽烟的不行？"

日本兵大为惊骇，因为杨老先生是用日语回答的。

"你的，我们大日本的朋友？"日本兵张着惊恐的眼神等待回答。

杨老先生轻蔑一笑，说："我的不是你们的朋友。我的爷爷是与你们日本国当年谈判甲午战争后续条约的翻译秘书……"

"哟西！你的了不得！"日本兵相互对视后，发出一片嘘声。

"你家的，私藏中国兵没有？"日本兵追问。

杨老先生摇头，说："我们家从不问政治和国事。"

"那你为何迟迟不开门！"日本兵又问。

"你说什么？"杨老先生耳朵一侧，似乎没有听清。

"问你为什么不快快开门？"日本兵粗暴起来。

杨老先生听明白了，淡淡一笑，说："我耳聋，听力不便。"

日本兵感觉眼前的这位会说日语的中国老人在要弄他们，于是"战胜者"的强盗占有欲上来了，不由分说，几把枪刺直向杨老先生胸膛刺去……

"你们这些狗——！"杨老先生怒发冲冠地瞪大眼睛，大骂日军。

"死啦死啦的——！"日本兵抽出血淋淋的刺刀，又重新向这位不屈的老者刺去。

"鬼子！"在倒下的瞬间杨老先生这回又用了日本兵听得懂的语言骂道。

以为神圣不可侵犯的杨老先生被剥夺了生命，他祖传数百年的杨家老宅也被日本兵一把火烧成灰烬……

家门难挡日本强盗。佛门又能如何呢？

中华门外的长生寺，位于方家巷内。日本兵攻克雨花台后，也就是十四五日便逼近寺院。小僧宏量问师父梵根，要不要闭门躲躲？师父告诉他："日本人也信佛教，都是佛门弟子，善哉善哉。"

梵根令宏量等所有寺院的大小和尚上大殿念经，香烛梵音。于是宏量等和尚们一个个跪在蒲团上，向慈善的佛祖顶礼膜拜。

　　这时，一阵皮靴声后，一队持枪端刀的日本兵将和尚们团团围住，其中一个军官模样的家伙走进大殿，拍拍一个和尚的肩膀，意思让他到院中的丹墀上跪下。

　　这和尚在院中跪下后，口中仍然念着"阿弥陀佛"。

　　"砰！"跪着的和尚被日本兵一枪击毙。

　　第二个和尚又被叫出，同样跪在地上念经。又是"砰"的一枪……

　　如此一个个和尚被叫出，又一个个被杀害。

　　十七个僧人先后倒在血泊之中，他们的黄色袈裟，被鲜血染尽。

　　"你——念经的有！"日本兵发现有个人并不像和尚，也令他念经。

　　那是俗家人，是当地的一个卖油条的吴氏老汉。由于日本兵来得快，吴老汉没处躲藏，便来求梵根师父。救人一命，胜造七级浮屠。梵根师父好心，便收留了吴老汉，也临时给了他一件僧衣伪装成和尚。哪知露馅，不会念经的吴老汉当场被日本兵用军刀砍在后颈上，结果颈骨砍断了，气管还连着，头耷拉了下来，血流如注。吴老汉疼得在地上翻滚……这时，一旁看热闹的另外两个日本兵上前，咔嚓连刺两刀，吴老汉顿时头断气绝。

　　"哟西，你的花姑娘的好！"日本兵突然被一位皮肤白嫩的和尚吸引住了。此和尚叫隆慧，是旗人，四十多岁，没长胡子，几个日本兵以为他是女人，于是好一阵高兴，七手八脚地扒掉隆慧和尚的衣服，结果一看是个男的，小鬼子气坏了，把隆慧和尚赤条条地拉到陀罗尼门的大石坎上，然后几个人一起将其抬起，又猛朝石头上摔下——隆慧和尚顿时脑浆四溅……

平安数百年的长生寺，瞬间人亡寺毁，只剩下十三四岁的宏量和比他更小的妙兴徒弟二人。

年少的宏量吓得无处可避，于是逃到普照寺。位于莫愁湖的普照寺为千年古刹，当时有不少百姓也躲进了寺庙里面，包括不少老人和妇女。也就是十五六日，日本兵便踏进了这座佛门圣地。他们逮住一位六十多岁的老婆婆欲奸，结果引出了一群躲在佛像后面的年轻女子，其中最小的才十一二岁，女人们没有一个逃出魔掌。可憎的日本兵仍不罢休，非要玩花招——让和尚与那些妇女"快活快活"。一个和尚双手合掌，口念"阿弥陀佛"。日本兵讥笑他"没有用"，于是便用刺刀将其生殖器割下，可怜那和尚疼得在地上乱滚，最后还是气绝丧命。

日本兵的铁蹄无论何门，皆一脚而进，暴行施绝。南京小心桥百岁宫有位七十岁的隆华老师太，她见日本兵无视教规，作恶多端，虐杀生灵，便让尼姑们在大殿上架好柴火，自己盘腿独坐其上，当日本兵冲进宫后，隆华老师太点火自焚，与百岁宫一起化为灰烬……令日本兵目瞪口呆，旋即鸣枪致敬。

　　家门佛门皆挡不住日本兵的屠杀刀枪。徐长福的家是在江边的拖船上，他的家会被日本兵闯上来吗？

　　日本兵进城第二天，徐长福带着一家七口人便搭上一条破"小划子"，顺着惠民河往上准备到水西门一带躲一躲，结果半途小划子漏水，徐长福赶紧又带着全家人上了堤岸，在江滩上临时搭了两个芦柴窝，相距几十米远。徐长福与二女儿、三女儿一个窝，其妻带着小儿子住在一个窝。入夜，徐长福的小儿子才几个月，因母亲没奶水，便哇哇直哭，这声音给日本兵发现了。电筒照到了徐家的芦柴窝。

　　日本兵一见徐妻，顿起淫心。徐妻死抱着几个月的小儿子就是不放，日本兵连打两枪，将徐妻和小儿子当场击毙。

　　就在几十米外的另一个芦柴窝里的徐长福及两个女儿不敢吭声，只能低泣流泪。待日本兵走后的下半夜，徐长福才带着女儿来到妻子的窝棚，含泪将妻子和小儿子装在用门板钉成的木盒内，露放在堤上，等待天亮后再作处理。哪知天亮后，又一群日本兵路过，见了徐长福，抓着他便走了，从此徐家儿女再也不知父亲的死活。

　　没了父母的徐家五个孩子，只得由最大的十三岁的二闺女带着，在堤岸寻吃的找活路。第三天天黑前，二闺女想给弟妹们寻些吃的，便上了堤岸，结果刚露出身子，就被日本兵发现。

"花姑娘！"日本兵一见徐家二闺女，立即令她站住。小姑娘吓得拼命往河运学校方向跑，小女孩哪是日本兵的对手，几下便被贼兵抓住。日本兵欲扒她衣服强奸，哪知小姑娘死活不从，还抽了一个日本兵一耳光。这下惹怒了小鬼子，拔刀就将徐家二闺女的头劈成两半……

徐家只剩下可怜兮兮的四个娃儿，从此十一岁的三闺女成了"家长"，她身后是三个五六岁的小弟弟。不日，三闺女被人领走当了童养媳，因受不了虐待而上吊身亡。徐家三个幸存的小儿子也分别被人领走，皆改姓易名。

徐家的悲剧代表了日军占领下的南京市千百个家庭的命运。

为迎"入城式"的大绝杀

对作为侵略者的日军来说，占领南京是他们"自建国以来第一次占领他国之首都"的"千载盛事"。为了迎接这一"千载盛事"，占领军遵照上司的指令，从进城的 13 日之后的数日内，便开始了所谓的"整治市容"和消灭"残敌"的"扫荡"军事行动。

原定的入城式是 15 日。据说因为司令长官松井石根大将那几天身体欠佳，常卧床难起，加之"城内秩序尚未稳定"之缘故，就决定拖到 17 日。

13 日到 17 日，这也是日军实施南京大屠杀人数最多的几天时间。在军事术语中，"扫荡"是非常清楚的字眼，那就是见敌人便消灭之意。这不是什么含糊的词句。"整治"这样的字眼是对外面说的新闻辞令，其实对拿枪的人和杀红了眼的人来说，连日军的将士后来也都认为，这就是"屠杀"的同义词。

掌握和了解这方面的事实，有个意外的发现是：我基本上看到的是日军方面的史料。

因为中国人——处在生死边缘的南京城内的投降的守城军人和百姓，在那些日子里除了能够保一条命以外，不太可能还有谁心平气和地记录身边所发生的每一个细节。只有爱记日记的日军将士倒是非常认真和清楚地记录了当时他们自己每天干些什么事——这也从加害者的角度让我们清晰地看到了南京大屠杀的真相。

比如在进城前的 12 月 7 日，最高指挥官松井就在向部队发布的命令中专门提到了在进城后要"各师团以一个联队为基干部队扫荡城内"这样的明确指令。13 日进入南京城后，各部队下达的关于"扫荡"命令就更多、更具体了。如佐佐木的第三十旅团在 14 日就下达了"扫荡"命令的十条内容，其中有"旅团于本日（14 日）要彻底扫荡南京北部城区及城外""各部队至师团有指示前，不得接受俘虏"和出动"独立轻型装甲车"等内容（《南京大屠杀史料集》第 11 卷第 49 页）。显然这样的"扫荡"对平民和放下武器的中国守城军人来说，基本就是直接的屠杀——"不得接受俘虏"的话很清楚：你即使是投降者，我也不接你的投降，其结果当然是"死啦死啦"的。

　　进城的日军下属联队在 13 日后，也都相应做出了更具体的自己的"扫荡"命令。比如我看到一份《日步兵第三十八联队战斗详报第十二号》报告，这份标明"昭和十二年十二月十四日"出笼的军情报告，详细记录了该联队 14 日下午下达"扫荡"命令的具体任务分配和全天战况及其"扫荡"结果，签名的是联队长助川大佐。在这份 14 日的"扫荡"报告后面还附了三个表，其中第二个表中列出了该联队当天出动的兵力和消耗子弹的情况，共消耗步枪机枪手枪子弹 3085 发。但第三个附表的"备注"一栏里有一句话非常特别和醒目："第十一中队奉命守卫尧化门附近而驻守该处。但十四日上午八时三十分左右，几千名敌人举着白旗来到该地。下午时解除武装后护送七千二百名俘虏到南京。"

　　这第十一中队在 14 日所"接受"的 7200 名俘虏，从另一个日军士兵的"日记"里清楚地告诉我们，这些俘虏后来押到南京城后，迅速被押至下关的江边全部枪杀了。

　　在日军"步兵第七联队战斗详报"中，我还看到了出动山炮和坦克的内容，如"步七作命甲第一〇五号（绝密）步兵第七联队命令"中有"应使用三分之二左右兵力""坦克中队（配合工兵小队长指挥的两个小队）应负责扫荡有特殊标记的道路"，这联队之后的 15、16、17 等日子里，都有相关的"扫荡"命令。也就是说，在那些日子里，进城的日军，基本上有 2/3 的兵力主要用于在城内外"扫荡"——参与屠杀的军事活动。

　　其间日军借"扫荡"之名到底屠杀了多少放下武器的中国军人和平民百姓，中国人自己不知道，因为活的不多，死去的不可能记着名字告诉那些活着的人"我是被日军杀害"的一类话。

　　还是日军"军情"报告和他们的将士"日记"透露了部分内容：

　　国崎支队，是日第十军的王牌部队，用我们的话，它是一支刽子手特多的"魔鬼部队"。在这个支队 12 月 14 日"军情报告"中有这句话："了解到江心洲上有不少残兵败卒，就让该守备部队在独立山炮第十联队的协助下负责扫荡该岛。扫荡队这夜到达该岛开始扫荡。岛上解除武装的人大约有两千三百五十名……"也就是说，这一天他们打死了俘虏 2350 名——"解除武装"紧接着的结果就是枪杀，没有必要掩饰什么，日军将士自己多次这样记述道。

15 日的国崎支队"军情报告"中又这样"报告"道："……
江心洲还有不少残敌，又派出第三大队再去该岛扫荡。"这份"报
告"没有具体说当天他们"扫荡"了多少中国军人和百姓，只是
提到了存留的"敌军番号及兵力"：（一）江浦附近：以第五十
八、七十八师为主，以及第十八、八十、八十五、八十八、一百
三十八、一百七十八师各一部，总兵力约三千人；（二）浦口附
近，以第七十八、八十八师为主，以及第十、十八、七十三、八
十、八十五、一百一十七、一百七十八、一百八十一各一部，总
兵力五千人。上面这两个地方新发现的"残敌"共 8000 余人，后
来被俘后都到哪儿去了？自然只有一个地方：就地被杀，血染
长江……

拉开大血幕之后的悲惨情景，本章前面已有所叙述——但多
数讲到的有关"扫荡"是在下关长江一带和城内，其实在南京广
大的市郊的"扫荡"行为，也是不胜枚举。

这里有一名参加南京城郊村庄"扫荡"的日军回忆道：

> 有一次，我们因为怀疑某村庄有游击队潜入，于是
> 就放火将它烧毁，一户也不留。另一次，单凭直觉认为
> 村庄上有敌情，就将村庄烧毁，村民全部杀光，不留一
> 个活口。

对居民而言，这实在是无妄之灾，但是，日军却单凭自由心证，在无重大理由的情形下，做出这种丧尽天良的事。

我首次犯下烧毁民房的大罪，是在入侵南京的途中，一处名为"句容"的邻近村庄。当时我所属的大部队，以预备队的姿态跟随在第一线部队的后面。

随着接近南京，中国方面的抵抗也愈来愈顽强，在句容前方不远之处呈现胶着状况，于是部队就暂时停留在当地。在那一段短暂的停留期间，分队中的野吕一等兵伙同其他分队的士兵一行五人，不知前往何处去征收食物。

当时在附近仍有许多战败的敌兵潜伏着，他们少数人到离开街道的地方去行动，实在很危险。而且在战况不明，不知何时就要前进的情况下，他们竟然忽视这个道理，私自外出行动。

我心中突然有一股不祥的预感。如果他们平安无事地回来还好，万一发生问题，事情就闹大了。不巧的是，总攻击的行动正要开始，大岳队也接到了前进的命令。

此刻我再也无法隐瞒了，于是怀着恐惧心向中队长报告。虽然中队长非常愤怒，但事情既已发生又不能不处理。

如果是不懂人情的队长，也许会以"大事为重"的理由，不理会他们而率队出发，但是很体谅部下的大岳中尉，却立刻召集干部商量后，派出搜索队。

这个临时的搜索队，是由发生问题的本分队和丹羽分队的队员组成，由身经百战的三宅班长担任指挥。

仅两个分队的兵力，就敢进入敌方游击队和游击队潜伏的地区，实在很危险。途中经过两三个小村落，未发现任何迹象，再继续前进约八公里后，看到一座周围用土墙围成的村庄，约有五六十户人家。

"这个地方很可疑。"说着班长就在村庄前方下令停止前进，然后自己带着三名士兵不知要前往何方，约三十分钟后就抓回三名状似当地居民的男子。

班长似乎打算从他们口中探出消息。结果不出所料，他们一回来就叫翻译人员沟口一等兵进行问话。

"你们有没有在附近看到几名日本士兵？坦白说，他们到哪里去？现在又怎样？如果有任何隐瞒，你们就没命了。"

那三个居民看到班长拔刀在恐吓，可能是惊吓过度，一时竟答不出话来。班长却以为这是无言的反抗，而大声呵斥道："臭家伙，你竟敢不合作，我要你的命。"同时高举军刀，做好砍首的准备姿势。

也许是因为我不认为他会真的砍下去，所以当我看到他那把锋利的军刀掠过居民的头部时，我的确吃了一惊。

锋利的刀锋不偏不倚地砍断其中一位居民的首级，首级滚落在草丛中，从切口喷出的鲜血染红了附近的草木。其他两位居民此刻非常害怕，于是就将自己所知道的一切道出。根据他们的说辞，住在前方那座村庄的都是普通老百姓，但最近有几十名中国游击队员潜入。今天白天里，突然来了几个日本军人。不久就响起一片枪声，但是因为事情发生在村庄内，他们不知详情，也不知道那几个日本士兵的下场如何。

听到这里，大家都判断野吕一等兵可能是因为征收食物而遭到杀害。下一步只需前往确认，然后准备收尸。但是不超过三十名的兵力，想要从正面挑战实在太危险，一不小心很可能全部被歼灭。

于是班长就决定等到入夜村民全部熟睡后，放火烧毁村庄，趁居民们狼狈逃亡之际，一举将他们全部消灭掉。班长是一位沙场老将，作战经验丰富，他的作战策略从未失败过。

等到深夜，认定村民都熟睡时，我们就越过土墙，到处放火。不久，火势迅速蔓延起来，火苗到处乱窜，将整个村庄烧毁。酣睡中被大火惊醒的民众，争先恐后地仓皇出逃。

这个时候，我们乘虚而入，展开突击行动，见一个杀一个，只在十几分钟内就再也看不到一个会动的人影，到处散落着死尸。其中也有类似游击队的武装人员，但我们并未遭到抵抗。也许是因为在睡眠中遭遇突袭，慌张过度而误将两个分队的兵力视为一个中队，以致丧失战斗意识。

战斗结束，在火光照耀下检查死尸后，才发现几乎都是普通民众。尸体中有抱着婴儿的母亲，也有十岁左右的小孩，以及老婆婆、老公公……

其实日军在向南京市郊"扫荡"时，是杀害无辜百姓最多的一段时间。通常情况下，日军到市郊的"扫荡"都是突然袭击，而乡村的百姓又缺少防范能力，他们不像城里人东躲西藏——因为几间草棚在这些农民看来，是他们唯一可留、可躲的地方，因此日军一到村里，他们大多数还留在家中，几乎是任杀任害。

我翻阅了几篇由朱成山先生等 2005 年编著的《南京大屠杀幸存者口述》内部材料，这是一批大学生利用假期进行的社会调查完成的成果，其中多数是那些市郊百姓的南京大屠杀幸存者的自述。此处任意挑几份供读者一阅：

陶昌漫（八十五岁，永宁镇东葛村人）：

日本人把我们这里的八个人绑在凳上，旁边放上脚盆，把他们刺死以后血就流在盆里面，盆都装满了血，和杀猪一样！鬼子还把村里被抓的四个人用绳子绑起来，背面还加上大柱子，把他们从山上推下来，人都断气了。村里一个叫陶陇和的，当时五十多岁，被日本人开枪打死了。村里还有一个叫叶维荣的，神经有些不正常，也被日本人开枪打死，另外一个叫余休金，当时五十多岁，日本人烧房子，他待在里面，日本人不让他出来，结果烧死在里面了。

方有均（八十四岁，永宁镇东葛村人）：

我们家有草房上十间，一大家族住在一起，有上十口人，包括叔叔婶婶，兄弟十几个都住在一起。鬼子一来，我们都跑到河那边，房子和家里的东西全被鬼子烧掉了。我当时十七岁，是家里四兄弟中的老大，我有个十一岁的兄弟，小名叫龙孩，就被日本兵打死了。我母亲是被日本人炸死的。村里有个叫刘知军的，鬼子看见他，他就吓得跑，鬼子就打枪，我亲眼见他摔倒死了。

邹万波（八十岁，永宁镇侯冲村人）：

鬼子来的时候到处打鸡打狗，打死了就拿走，鬼子叫小孩帮他们逮鸡，逮不着就揍人。我亲眼看见王家楼子整个村子被烧掉了。有个叫萧和家的，当时四十多岁，日本兵用装刺刀的长枪把他捅到水里刺死了。村里还有一个陈德教的父亲，他名字我记不住了，当时他是个读书人，鬼子见他像个知识分子，就绑起来，浇上汽油，在张家堡把他活活烧死了。

丁成英（七十六岁，永宁镇高丽村人）：

我原籍在上周八队。入冬，鬼子突然进村放火烧村。那天有一家正在办喜酒，鬼子来后堵住门，说里面的人是"坏蛋"，架起机枪就扫射，打死了十三个人，其中有李邦国的父亲李常安、他二哥李邦友等。

张家林（永宁镇河北村人）：

鬼子进村那年，我只有六七岁。只知道鬼子见人就杀，一村子人被杀死一百多个还不止。当时鬼子占据了整个铁路，大人要是穿过铁路线，鬼子就以为你是坏人，

　　就让狼狗咬，活活把人咬死。我看见一个跑反了的南京城里人，就让日本人一刺刀刺死了……

　　……

　　永宁镇是个小镇，而且也不是日军重点"扫荡"的地区，即使如此，这里在日军占领南京后的初始时间里，也多次惨遭"扫荡"，数以千计的平民百姓死于非命。

　　而日军在"扫荡"中所实施的残暴花样，更令人发指。这在许多日军的"日记"和"回忆"中都有足够的描述与记载。下面这名叫田所耕三的日本老兵，是日军第十军团第一一四师团重机枪部队的一等兵，他曾对人说：

　　我在城里扫荡残敌，把俘虏绑在树上，军官们一面教导我们怎样枪杀和刺杀的方法，一面把他们弄死。军官和下士官把蹲在挖好的坑前的俘虏脑袋砍下来。我嘛，那时是二等兵，只让我用刺刀刺……这样的屠杀在城里外一连干了十天左右。

　　当时，我们的部队驻在下关，我们用从铁丝网上拆下来的铁丝，把抓来的人每十个捆在一起，堆成井字形的垛，然后用煤油点起火来烧，这叫"捆草袋子"，这简直和杀猪一样。干了这样的事，再杀人就不算什么了，司空见惯！为了使俘虏们有所畏惧，也曾用割掉耳朵、削下鼻子，或者用佩刀捅进嘴里再豁开等等方法。要是把刀横着刺进眼睛下面，立即就有鱼眼珠一样黏糊糊的东西耷拉下来。从登陆以来，好久好久才有这么点消遣，如果这些玩意儿都不干了的话，还有什么别的乐趣呢？（见森山康平《南京大屠杀与三光作战》，四川教育出版社，1984年版）

用惨无人道来描述日军残暴远远不够。

15日那天下午，盘城乡丁解村史家有的父亲刚从家里走出，就被日军拦住，也不问其事，日本兵举起刺枪就往史家有父亲的喉咙、两肋、胸口连刺四刀，致其当场死亡。红梅村的刘庆英说，她儿子韩小斌和邻居张家的两个儿子，因为身体长得壮实，"日本兵硬说他们是当兵的，当场被日本兵杀害。张家兄弟被砍掉头，死在家门前；我独生子被日本兵用刀捅死，共捅了九刀，肚子两边各四刀，手臂上一刀"。另一位村民许金凤说，日本兵把她家房子烧后，又把其丈夫拖到塘边，"用刺刀戳进心窝，这还不算，又向头部打了一枪，直到脑浆出来后，鬼子才哈哈大笑地放手"。

郊区如此，市区更是日军施暴"展显身手"的地方。

　　碑亭巷的侯吕清是个幸存者，那天 4 个日本兵抬着他"在火
上燎，用以取乐。把他燎得浑身是泡，然后扔在一边……"如果
不是因为日本兵当时看到街上另有几个年轻的中国男人路过去追
杀，侯吕清说他"肯定会被当作'烤猪崽'烤焦了"。王府巷的王
二顺就没有这么幸运了，他被日军捉住后，剥去衣服，先打断一
条腿，再放出一群军犬撕咬他，王二顺拖着残腿边逃边与军犬搏
斗，可那群猛兽似乎饿极了，疯狂地扑咬王二顺，很快王二顺就
不是它们的对手，血肉模糊的他乞求一旁的日军指挥官放了他，
哪知这日本军官不仅不制止军犬的撕咬，反而抽出军刀，又砍下
王二顺的另一条腿。完全丧失抵抗能力的王二顺就这样活活地被
军犬撕咬致死，直到肠子五脏拖落一地，如此恶心反胃的一幕，
则让日本兵在一旁乐不可支。

　　写到这里，我不得不把臭名昭著的当年日本战地记者自己报
道的、近几十年来又一直被日本国内以为不大可能的"斩人比赛"
的两个刽子手的事再在此叙述一遍。

　　其实关于这件"斩人比赛"案最早完全不是我们受难的中国
人所知的，倒是日本自己的新闻媒体报道出来的。在日军进攻南
京途中的 1937 年 12 月 6 日，日军打至南京郊区的句容时，两名
日本随军记者浅海与光本给《东京日日新闻》报发了这样一篇题
为《"百人斩"竞赛难分胜负勇壮！向井、野田两少尉八十九比

七十八》的报道，内容为：

> 以南京为目标进行"百人斩"竞赛的两名青年将校，
> 即片桐部队的向井敏明、野田毅两少尉，在突入句容城
> 时都奋战在最前线。入城前的战绩是：向井少尉斩杀
> 八十九人，野田少尉斩杀七十八人，难分胜负。

六天后的 12 日，日本随军记者浅海与光本又在南京紫金山向国内发回一篇新报道，这篇报道在第二天即 1937 年 12 月 13 日，也是日本占领南京当日，日本《东京日日新闻》报的重要位置上刊出，全文如下：

"百人斩"超纪录

向井：一百零六——野田：一百零五

〔紫金山十二日特派员浅海、铃木发〕在攻入南京之前就开始进行罕见"百人斩"竞赛的片桐部队的勇士向井敏明和野田毅两少尉，到十日紫金山攻略战时，创造了一百零六比一百零五的纪录。十日中午，两少尉手持卷了刃的日本刀碰面了。野田："喂，我斩了一百零五个，你呢？"向井："我是一百零六个！"……两个少尉

大笑："啊，哈哈哈。"最终也没能搞清楚是谁什么时候先斩杀满一百人的。"那我们就算平手吧。不过，改成一百五十人怎么样？"两人很快达成了一致意见。从十一日起，"一百五十人斩"的竞赛又开始了。十一日中午，在俯瞰中山陵的紫金山上忙于扫荡败残兵的向井少尉讲述了"百人斩"平局的始末："不知不觉两人都超过了百人，真是愉快。我的关孙六刀之所以会卷刃，是因为将一个人连钢盔一起劈成了两半。我已经说好，在战争结束时就把日本刀捐赠给贵社。十一日凌晨三时，在友军实施罕见战术呛出紫金山中的残敌时，我也被呛了出来，在弹雨中一动不动地扛刀站着。哎，天命吧！但一颗子弹也没打中我，这也是托这把关孙六刀的福。"在飞来的敌弹中，他向记者展示了这把吸了一百零六人鲜血的关孙六刀。

在这篇报道旁，《东京日日新闻》还刊登了向井手持军刀的照片。毫无疑问，这样一篇报道不可能有假。后来为什么没有了"一百五十人斩"的报道了呢？因为当时这两篇"百人斩"报道出来后，引起了西方世界的极大反感，日本方面为了保护自己的军队形象和国家声誉，这样的"杀人比赛"报道便被禁止了。

　　禁止并不说明没有"一百五十人斩"的继续，从后一篇报道中向井的"豪言壮语"及日本军人的争胜好斗个性，乃至日军占领南京后集体对中国人民实施大屠杀的客观情况看，我可以肯定一点的是：这两个日本刽子手必定又疯狂地屠杀过无数中国人，至于是否杀到了 150 人，还是 200 人，我们无法证明，但又有谁证明这两个日本少尉进城后就什么事都没有干呢？谁能证明他们在看着"友军"大开杀戒时自己则突然不动手了？那是绝对不可能的事！日军在南京屠杀 30 余万中国人是指的他们占领南京后的时间里所残害的人数，向井和野田比赛到"百人斩"纪录时，只到 12 月 10 日，距大屠杀开始还有两天时间，之后的几周恰恰是日军几乎人人参与屠杀、奸淫和抢劫的"大好时候"，在比赛中誓言要杀"一百五十人"的两个凶神会突然停止不杀了？即使是向井和野田不杀了，"山本""松井"就不杀了？"山本""松井"杀的人就没有 100、150 人？那南京大屠杀"三十万人"是谁杀的？简直是自欺欺人！

　　问题的关键是：日本人近几十年来为了掩盖他们的滔天之罪，竟然连这两个遗臭万年的刽子手在 10 日之前已经杀了 106 和 105 人的事实都想抵赖！一说"报道虚假"，一说"再好的关孙六刀也不可能一下子能杀一百多个人"，又说"即使一天杀十个人，也难以创造百人纪录"云云。

　　日本有些人的无耻也是在人类史上少有的！我们虽不知向井杀百人是否就是用的一把"关孙六刀"，也不知"关孙六刀"到底能不能在几天、十几天里因砍百人的脑袋而"卷"了——据说"关孙六刀"是日本国的名刀，因曾受过天皇的赐名而盛名，但有一点总是基本事实：浅海等随军记者的战时报道并非写一篇两篇，如果他们的报道有虚假存在，相信日方和日本军方绝对不会随意让其刊登。其二，一把刀杀100个中国人，与用十把刀杀100个人有什么区别？

　　向井与野田杀中国人的"百人斩"是铁证如山的事实，即使日本有人以各种方式企图掩饰或想随着时间的推移而抹杀真相的话，我们只能用这些词语回答他们：无耻！无赖！

　　一个国家对另一个国家的犯罪，其本身就应该彻底地受到惩罚与谴责，而当这个犯罪的国家还想在事实面前抵赖与否定时，它只能被全世界所唾弃！

　　日本国真的永远想做这样一个国家吗？

　　正义终究战胜邪恶。历史也总是公正和客观的。1947年12月初，由中国战后开设的南京审判日本战犯的特别法庭对刽子手向井与野田提出起诉：

　　　向井敏明、野田岩（即野田毅）在作战期间，隶属日军第十六师团中岛部队，分充少尉小队长及副官。田中军吉隶属第六师团谷寿夫部队，充任大尉中队长。于民国二十六年十二月会攻南京之役，因遭遇我军坚强抵抗，衔恨之余，乃作有计划之屠杀，借以泄愤。田中军吉在京城西南郊一带，以"助广"宝剑，连杀俘虏及非战斗人员达三百余名。向井敏明、野田岩则在紫金山麓，以杀人多寡为竞赛娱乐，各挥利刃，不择老幼，逢人砍杀，结果野田岩戮毙百零五人，向井敏明则以杀百零六人获胜。日本投降后，野田岩等，先后在东京被盟军总司令部缉获，经我驻日代表团解送来京，由本庭检察官侦查起诉。

历经一个多月的法庭审议和事实证明，于 1948 年 1 月 27 日对这两个战犯作出了死刑判决。当日的法庭布告如下：

战犯向井敏明等人执行死刑的布告

（一九四八年一月二十七日）

查战犯向井敏明、野田毅（即野田岩）、田中军吉等（即南京大屠杀案共犯），在作战期间，共同连续屠杀俘虏及非战斗人员，罪证确凿，业经本庭依法判决，各处死刑，并呈报国防部参谋总长陈转。奉国民政府主席蒋，本年壹月廿六日核准，饬即执行，具报等因。遂于本月廿八日正午十二时，由本庭检察官将该犯向井敏明、野田毅（即野田岩）、田中军吉等三名提案，验明正身，押赴雨花台刑场，执行死刑，以昭炯戒。除陈报外，合亟布告周知。

　　此布

计开：

　　战犯向井敏明，男，年卅六岁，日本山口县人，炮兵小队长。

　　战犯野田毅（即野田岩），男，年卅五岁，日本鹿儿岛人，日本第十六师团富山大队副官。

　　战犯田中军吉，男，年四十三岁，日本东京人，日本第四十五联队中队长。

　　　　　　　　　中华民国三十七年壹月廿七日

　　　　　　　　　　　　庭长：石□□

　　　　　　　　　　　　检察官：李□

　　1948 年 1 月 28 日，这两名臭名昭著的刽子手被中国法警押向雨花台刑场枪决。南京市民一片欢呼。这是罪有应得的结果。

历史无须再为这样的鬼魂招安了。为鬼魂招安者一定是心怀鬼胎的人。

笔者在写完前面这些篇章时，有一天翻阅《日本军国教育·百人斩与驻宁领馆史料》时获得了一个意外的发现：1939 年 5 月 19 日的《东京日日新闻》其实又刊发了一篇题为《"宝刀"关孙六向战死的竞争对手敬献的锋刃向井中尉在汉水战线》的报道。这篇发自日军占领我汉水东部地区的报道中，有这样的一段话：

> ……随军记者某日在一个叫寺庄的小村庄偶然见了在此奋勇作战的向井中尉。
>
> 向井中尉在前年的南京之役中与战友野田中尉订下斩杀百人之约，并用爱刀关孙六斩杀敌兵一百零七人，是一个勇敢的年轻军官。南京战役之后，他剃去留了很长的胡子，与战友野田中尉再次约定要斩杀五百人，并转徐州、大别山、汉口、钟祥各地，砍杀敌兵三百零五人。可是野田中尉在海南战死（其实野田没有死，战后也被作为战犯在南京被审判处死——笔者注）。现在他（向井——笔者注）为了实现斩杀五百人的约定，一个人在奋力作战。
>
> 实际上向井中尉的愿望是斩杀一千人。记者询问他

"关孙六锋利吗？"朴实寡言的中尉回答道："很锋利。刀尖有一点不顺手，但我有自信，所以没关系。出征以来，我生过病，总是在最前线，却从未负过伤，很不可思议。大概身体生来就是能够坚持长期战争吧……"（《南京大屠杀史料》第三十四卷第六十六页）

啊，这就是日本军国主义者一直想包庇的刽子手！当年南京审判时肯定没有获得上面这篇我所看到的报道，否则必定还会在对向井和野田的起诉书上加进去更多的罪行。而另一种情况的猜测可能是：由于当时对这二人"百人斩"的起诉是限于南京大屠杀的时间段，因此可能没有包括他们在后面几年内在中国所犯下的滔天罪行。写到此处，我内心的悲愤不由再度提升，因为日本军国主义者包括现在的一些日本人，他们对自己人当年在中国犯下的罪行，其实一直采取的是能隐瞒就隐瞒、能抵赖就抵赖、能不说就不说、能少说就少说的态度，这就是今天为什么对南京大屠杀这样十分清楚、历史早已定论的事实却总有日方发出完全不同的否定与歪曲的声音的原因所在！

其实，在中国进行"斩人"比赛在当时的日军中十分普遍，绝非只是向井和野田两个人所为。因为在战场上用军刀杀人，这也算是日本军人的一个传统和特点。可悲的是，日本人用的所谓的"日本刀"起源则是我们中国的刀。1939 年 2 月 28 日，当日本军队横行中国时，《东京日日新闻》上还刊发了一篇由岩崎航介写的文章《解析日本刀》，文章这样写道：

> 日本刀之名，原本是八百多年前由支那（即中国——笔者注）所起，而日本人自身开始使用，则是在幕府时代末期国难之时。在国家危急之秋，日本人脑海中必将油然浮现出日本刀之名，这也是对日本刀之信念使然吧。不管现代武器有多先进，在决定最后胜负的短兵相接中，日本刀绝对不可或缺。此外，其对激发人的斗志也是非常重要的。

日本军队侵略中国一开始，军刀成为日军的重要武器，尤其是与武器落后的中国军队交手之后，日军官兵更觉得使用军刀"斩杀"对方，"实在过瘾"。一个名叫侍岛圆次的日军准尉在汉口战场时对他们的随军记者简井这样说："在上海、南京、徐州、汉口等战斗中，我斩杀了大约 75 名敌人，出征时我带来两把战刀，一把无铭（刀名——笔者注）的新刀，在南京战斗的时候，在幕府山只斩了八人就砍豁了口不能用了。第二把就是这把名为'武藏大禄藤原忠广'的新刀。这把刀的刀尖部八寸的地方已经缺损了。根据我的经验，刀柄长一点儿的刀好用。按照我所学过的剑道，要求落刀时要注意向外推一点，但我觉得向里拉着些则更好。"在同一篇报道中，日军随军记者又采访了另一个名叫酒井正元氏的士兵，这个士兵也谈了自己用军刀杀中国人的"经验"：

> "一年半的时间里，我大约杀了一百人了，刀是相州助定的，是祖传的腰刀，在距刀尖三寸的地方仅有一处小小的豁口。古刀虽然会砍豁却没有损坏，而且不生锈，在杀死三个人之后我终于有了自信。"
>
> "泽渡勇敢踏上征途，因为在南京附近的追击战中，杀入敌阵，一气砍了十五人而扬名全队。"（载《福岛民报》一九三八年四月十七日）
>
> "登陆以来他第一次拔刀马上就杀入敌阵，出色地砍杀了七人……"（载《福岛民报》一九三八年三月二日）
>
> "要塞攻击战斗中，我与队长角田荣一中尉杀入敌阵，连砍了二十六人……"（载《东京日日报》一九三八年一月二十七日）

这样的报道，在南京大屠杀后期，日方的国内报纸上不断有这类宣传"战果"的新闻，刊出过不胜枚举的军刀"斩人"

"事迹"。

显耀啊！魔鬼的本领！

日本人在炫耀从中国老祖宗那儿传来的宝刀的威风时，并没有思考一下应该不应该杀那么多无辜的中国人，相反他们把这样的锋器用来屠杀一个个中国平民与放下武器的中国军人，且以此为乐、以此为耀，真是恶魔！

日本军刀下的一个个幽灵将永远不会饶恕这等罪人！最最可恨的是：日本军国主义者和屠杀者竟然还要抵赖！

我们再来回头说日军进入南京城后所实施的大屠杀情况——

其实这样的大屠杀并非只在日军进城后的前几周，而是在整个南京陷落后的全部日子。这与日本国内大本营和前方最高指挥官们的默认与纵容有直接关系。上世纪三十年代曾最早揭露日军在南京的残暴行为的记者田伯烈所著的《外人目睹中之日军暴行史》一书的结尾处便有过关于这一问题的代表性见解：

日本军在中国所犯下的种种暴行，难道是士兵们在胜利的高潮中之越轨行动的结果吗？还是在多大程度上反映了日本军当局所采取的有计划的恐怖政策？也许有读者产生这样的疑问。事实告诉我们，结论是后者。军队的暴行更发生在占领城市后不久，尤其是在这种占领

使疲惫不堪的军队的军事行动将要结束之后，即使没有
分辨的余地，也是能够了解其情况的。可是以南京为
例——这是一个明显的例子，日本军的暴行在占领市区
后持续了三个月时间，直到笔者于一九三八年四月上旬
离开中国时尚未停止。

事实确如田伯烈所言，日军的暴行基本上一直处在无人管束
的状态下，或者说日军当局明知其所为却睁一只眼闭一只眼。

日军和日本大本营对南京发生的事一直是严密封锁的，即使
对日本自己的国民也是"尽说好话"，不说坏话，"杀人"也被冠
以"英雄杀敌"之类的鼓舞"斗志"和国民士气的美丽光环。而
外界对日军在南京的暴行，其实了解很少。当时留在南京的外国
记者只有十来位，在日军施暴最疯狂的十五六日后基本上没有了
外国记者，统统被日军赶出了南京。即使如此，仍有一些零星的
报道让全世界为之震撼，而这些也都是那些撤离南京的外国记者
们通过极其困难的途径发出去的——

在外国人的统治下，今天的南京，受到惊吓的人们
生活在面临死亡、折磨和抢劫的恐惧之中。数万中国军
人的坟墓，也可能是中国人反抗日本征服的全部希望的

坟墓。

（《纽约时报》一九三七年十二月十八日）

　　十二月十四日，目睹日军洗劫全城。看见一个日本兵在安全区用刺刀威逼老百姓，共勒索了三千块钱。沿着横陈着人、马尸体的街道走到北门，见到第一辆日军车子驶进城门，车轮在碾碎的尸体上打滑。最后到达江边，登上日本舰艇，并得知"帕奈"号被击沉（笔者注：当时在长江有英国、美国等国家的军舰，"帕奈"号是美国军舰，十二月十二日正载运着美国等外国侨民和中国难民在长江行驶时，被日军轰炸击沉，死伤多人，由此引发了西方世界与日本的一场外交仗）。

　　日军像用一把细齿梳子仔细地在城内搜索中国军人和"便衣人员"。数以百计的人从难民营中被搜出并遭屠杀。临刑就戮的人们被两三人一群地押往就近的屠场，被用步枪、机枪扫射枪杀。有一次，坦克被调来处决了数百名俘虏。

　　我亲眼目睹了一场集体屠杀。一群几百个行将处死的人打着一面大幅日本旗穿街而过，他们被三三两两的日本兵押着，赶入一块空地，被一小组一小组地枪杀。

一名日本兵站在越积越多的尸体堆上，用步枪补射仍在动弹的躯体。

对日军来说，这可能是战争，然而对我来说却像是谋杀。

（《芝加哥每日新闻报》一九三八年二月四日）

这就是谋杀，而且是日军上下在十分清醒和理智的状态下的屠杀。这样的有目标的、有计划的屠杀才是最最要命和恐怖的。

杀人恐怖，边淫边杀、先淫后杀更恐怖。

第三章
奸绝淫杀：莫愁湖的哀号

　　战争似乎都离不开对妇女的残害，强奸与污辱她们也成了一种惯例。这也是人们为什么厌恶战争的原因之一。毫无疑问，日军在占领南京城后的强奸与淫杀中国妇女的行径，是人类史上极其罕见的，其奸淫之广、淫杀之残暴，骇人听闻！

　　由于太令人恶心和太野蛮的缘故，笔者原本一直想放弃这一章的内容，可又实在无法回避日军在这方面的罪行。

　　日军的罪恶让我没有选择的余地。

　　"从占领的第三天开始，强奸事件以每天一千起的频率发生。有许多妇女被强奸多次后又被杀掉。被害者的年龄小到十岁，大到七十岁不等……"这是《南华早报》1938年3月16日报道中的关于日军在南京城强奸妇女的一段话。

　　其实，日军从进入中国战场开始的第一天起就有了强奸中国妇女的罪行，只是在淞沪战役结束后向南京进攻的路上，这种罪行更加频繁，尤其是进了南京城后，他们以占领者自居，强奸便成了"像吃饭和收获战利品一样的随便与必需了"（日军老兵语）。

检阅当年中国审判日军战犯军事法庭（1947年）"审字第一号"宣判中有一段话这样写道：

日军陷城后，更四处强奸，一逞淫欲。据外侨所组国际委员会统计：在民国二十六年（一九三七年）十二月十六、十七两日，我妇女遭日军蹂躏者，已越千人。且方式之离奇惨虐，实史乘前所未闻。如十二月廿三日，民妇陶汤氏，在中华门东仁厚里五号，被日军轮奸后，剖腹焚尸。怀胎九月之孕妇萧余氏、十六岁少女黄柱英、陈二姑娘及六十三岁之乡妇，亦同在中华门地区，惨遭奸污。乡女丁小姑娘，在中华门堆草巷，经日军十三人轮奸后，因不胜狂虐厉声呼救即被刀刺小腹致死。同月十三日至十七日间，日军在中华门外于轮奸少女后，复迫令过路僧侣续与行奸。僧拒不从，竟被处宫刑致死。又在中华门外土城头，有少女三人，因遭日军强奸，羞愤投江自尽。凡我留京妇女，莫不岌岌自危，乃相率奔避国际委员会所划定之安全区。讵日军罔顾国际正义，

竟亦逞其兽欲。每乘黑夜，越垣入内，不择老幼，摸索
强奸。虽经外侨以国际团体名义，迭向日军当局抗议，
而日将谷寿夫等均置若罔闻，任使部属肆虐如故……

如此罪恶，充分说明日军对中国妇女的残害之空前。中国
第二历史档案馆研究员、著名南京大屠杀研究专家马振犊先生
在《日本军队对被害国妇女实施性暴行及原因探析》一文中这样
指出："日本军队在被害国对民众的性暴行在人类历史上是罕见
的与空前残酷的，其普遍性、暴虐性及危害性甚至超过了德国法
西斯军队的性暴行……我们可以说，凡日军所到之处，就有各类
的性暴行。最典型的事例如一九三七年底至一九三八年初，在侵
华日军'南京大屠杀'中，日军不仅屠杀了三十万以上的南京居
民，其性暴行与性犯罪也达到了顶峰状态，总计有数万名南京妇
女被日军强奸、虐杀。经一九四八年十一月四日远东国际军事法
庭判决书的认定，'在占领后的一个月中，在南京市内发生了两万
起左右的强奸事件'，实际上这一统计数字是远远不足的。同时有
资料说南京'全城中无论幼年的少女，或者老年的妇女，多数都
被奸污了'。到一九三八年'五月初，在南京有三分之二的妇女被
奸污'。这样看来南京的妇女'被奸污者达八万人，可谓保守的估
计'，且据日军士兵田所耕造自己的记载，'没有不强奸的兵，而

且大都是强奸以后再杀死',先奸后杀竟然仅仅为的是'免得麻烦'。在一次战役之后发生如此大规模的集体屠杀与不分地点、场合、时间,不问对象的集团式强奸虐杀,这在全人类的历史上是罕见的。"

马振犊先生等研究专家认为,在性暴行的方式上,日军的残暴行为可以说是总括古今犯罪之大成,其通常的方式是轮奸,"我们自从登陆以来,还没有碰过女人的身体,所以大肆轮奸。当时'奸虐致死'成了我们很喜欢说的话"。

中国妇女被日军掠去,绝大部分人都遭到数人以上的日本兵轮奸,许多人遭到数十人次以上的轮奸,甚至有一夜之间被轮奸了40次以上的例子,日本兵的惨无人道由此可见。除了强奸外,更下流的是各种各样的变态虐杀,包括用各种随手可得的东西——酒瓶、木棒、砖块甚至燃着的蜡烛塞入女子阴部;拍摄各种女子裸照及变态奸虐照片;强奸孕妇、幼女、老妇、尼姑、修女;强掠"慰安妇"设立"慰安所";强迫母子、父女、翁媳乱伦,僧尼性交;威迫口交直至割乳剖腹……凡一切能够想到的兽行无所不为,无所不有。

马振犊进而指出:日本军队在各地的性暴行绝不是个别的或偶然的、地方性的暴行,而是整个日本军队进行的有组织的集体犯罪。在第二次世界大战中,凡有日本军队之处,便有性暴行。

从派遣军司令到小队长，各级日军军官都公然放纵甚至"身体力行"，使日军性暴行成为极其普遍的事。"在一线部队……干坏事的，不仅仅是士兵，有时军官先干在前头。厉害的中队长、大队长什么的，他们在去南京之前，即使是战斗中，有的也带着女人。这些女人反正都是随便抓来的……据说他们天天晚上同女人睡觉。"日军第十六师团三十旅团长、南京西部警备司令官佐佐木"更无人性地每日奸污中国少女"。据在南京的金陵女子大学美籍教授贝茨证实说："日军入城后曾连日在市内各街巷及安全地带（指国际安全区）巡行搜索妇女，其中且有将校参加。"难怪就连作为日本的盟国纳粹德国驻南京外交秘书罗森，在目睹了日军官兵集体的兽行之后，也指斥日本军队为"兽类集团"，他在给德国外交部的报告中写道："日本军队放的大火在日军占领一个多月之后至今还在燃烧，凌辱和强奸妇女和幼女的行为仍在继续，日军在南京的所作所为为自己竖立了耻辱的纪念碑……这不是个人的而是整个陆军，即日军本身的残暴和犯罪行为。"

这就是为什么日本侵华军队如此让中国人民仇恨的重要原因之一：抢占别国的领土，杀害无辜百姓，抢夺别人的财产，无节制地强奸和轮奸后继续残害妇女的生命、蹂躏她们的肉体……法西斯和魔鬼就是这样被定名的。

不堪入目的现场

日军进入南京城后，强奸和轮奸中国妇女并随意将其杀害的极恶兽行，可谓"遍地皆是"，而诸多场面惨不忍睹、不堪入目——

地址：东阳街

哒！哒哒哒！天色蒙蒙亮，城内的大街上，既有持枪的日本兵在追赶落魂而逃的人群，更有那些胆小的市民在自己的屋子和院子内坚壁锁门。但这没有用，铁蹄和枪弹势如破竹，想进哪就进哪……

"花姑娘的多多！"一群日军堵住一个巷口，砰砰两枪打死三个男人，同行的两个衣着破烂的"黑脸女"（脸上抹着锅灰），边叫边逃。但没出十几步，便被日军拦住。

"快活的有！"日军七手八脚地像扒鸡毛似的三下两下就把那两个"黑脸女"的衣服扒个精光，露出洁白玉体。

"哈哈哈……白，白白的！"日军兴奋异常，将枪一扔，解开自己的裤子，挟起女子就往街边的一间房檐下去了。另两个日军则在一旁持枪放哨。

八个家伙，先后轮奸了这两个"黑脸女"，然后分别对准其胸口和脑壳，砰砰就是两枪。

这时，另一个房子里传出一声婴儿啼哭。几个日本兵的脸上立即堆笑起来，前面靠近房子的两个鬼子抬起双腿，猛踢紧闭着的房门，后破门而入。

婴儿的哭声戛然而止，却传来另一个女人的一声大叫："啊——！"随后听得屋内传来砰砰咚咚的响声。

"作孽作孽啊！"是另一个沙哑的女人声音。

鬼子从里面走出，带着几分淫欲之快。

后面的几个日军迅速替换而入。不一会儿，他们一人拖一条腿，将一个一丝不挂的老妇人从屋子里拖出。

"你们不要脸！不要脸啊！"老妇人的双手拍着地，一边哭喊着，"你们打死了我的孙儿，还有我的儿媳……畜生啊！"

日本兵似乎恼了，一枪托砸在老妇人的嘴巴上。而其中一鬼子拿来一根绳子，绑住她的两只乳房，又在绳子两端拴上两块石头，然后令老妇人在地上爬行："你的前进！"

老妇人怎能爬动？日本兵则在一旁哈哈取乐。

突然一把刺刀朝老妇人的阴部捅去……老妇人痛不欲生。于是又有另几把刺刀戳向她身子。

这一幕被街边一间房子内的一个五岁小男孩看到了。"老太太死得好惨啊！"2002 年夏，许发广对一群在暑假搞"南京大屠杀调查"的大学生说。

地址：小礼拜寺

日军进城的第一天，南京城内一片混乱，住在草桥清真寺内的十五岁回族姑娘马芳（化名）像以往一样，清早起来，正准备出去帮父母到街上买些菜，哪知刚出门，就见街头一群日军围住一个中国男人，几把刺刀从五个方向向他戳去，顿时那男人的头、前后背喷出血柱来。

"啊呀——"姑娘吓得一声大叫，抱头便往家跑。

"爹，鬼子杀人啦！"马芳进屋后跟父亲说了一声后，直往后屋躲藏。

父亲见状，一边招呼家人赶紧躲起来，一边把门掩紧。就在这时，外面的日军已经敲门而来："咚！咚咚！"

"快快的开门！"鬼子在外面号叫。

无奈，马芳的父亲只好把门打开。

"你的花姑娘的有？"日军一边用刺刀顶着马芳的父亲嚷着，一边朝里屋走。

马芳父亲哪见过这阵势，早已吓得面容失色："没，没有啊！"

这话提醒了后屋的马芳，只见小姑娘拔腿就往后屋的河边奔跑，说时迟那时快，她身子一跃，跳进了一个防空洞内。

"花姑娘的那边——"不料被一个日军看到，于是他们狂笑着朝马芳躲进的洞口方向围袭过去。

"花姑娘的,出来!"日军朝洞内瞅瞅,捡起旁边的砖块,朝洞内扔去。"不出来的,死啦死啦的!"

马芳边哭边从洞内出来。

"哈哈……花姑娘的大大的好!"两个满脸胡子的日本兵左右夹起马芳就往附近的小礼拜寺巷8号走。

"脱!你的脱!"进屋后,几把亮铮铮的刺刀顶着马芳微微隆起的胸部,逼着她脱衣。

马芳一边哭一边脱……

"下面!脱!"日军令她连裤子一起脱掉。

"哟西!"还不等马芳的裤子落下,一个日本兵早已按捺不住兽欲,一下上去扑在姑娘身上,连啃带抱将姑娘奸污了。

浑身瑟瑟发抖的姑娘还不知是咋回事时,第二个家伙又上来了……如此五个家伙前后一起折腾了半个来小时,处女的马芳身上血迹斑斑,雪白的上身一块青一块紫的。

"小芳!小芳——"门外突然传来马芳母亲急切的叫喊声。

马芳突然大叫起来:"妈——快来救我!"

"哈哈哈……大大的花姑娘!"日军转身见马芳的母亲出现在他们面前,一阵狂喜。

"你们想干啥?我是来找女儿的,你们……"马芳的母亲还没有说完，就被两个日军按在地上，一人捂住她头，一人扒掉她衣服，便在地上干了起来。紧接着第二、第三个鬼子扑了上去……

"你们这些畜生！"马芳的父亲闻讯赶来，双手抡起木棍子就要往骑在妻子身上的那个鬼子打去，被一旁的另一个鬼子猛地踢了一脚，卧倒在地。他刚想起来，"砰"的一颗子弹击中他的肩膀……

"妈！爸——"见鬼子扬长而去，马芳拎着裤子从里面走出，见光着身子的母亲和血流一地的父亲，一下晕倒在地。

地址：王府园

一户民房内，住着临时在此躲难的小强一家九口人。

"走吧，听说日本人已经进城了，我们想法找个防空洞躲起来！"13日早上，小强的父亲对妻子和孩子们说。

"快跟上！"小强的妈一边抱着两岁的小儿子，一手拉着大女儿，一边催促着另外几个儿子。全家人刚走一段路，就遇上了一群日本兵。

"花姑娘的有！"日本兵呼地一下将小强一家围住。

"你的中国军人的？"前面的两个日本兵首先拦住小强的父亲，并且一脚将其踢跪在地。

"我不是。你们看看我这一大家……"小强的父亲极力争辩，哪知前后两把刺刀已经插进他的胸膛。

"他爹——！"小强的母亲见状，一声大叫，随手两岁的小儿子掉在地上。

"花姑娘的干活！"一把刺刀顶在了小强母亲的胸前。另一个日本兵则用刺刀挑起摔在地上的小强的小弟弟的屁股，一下将可怜的小家伙扔得远远的，连一丝声响都没有。

"弟弟——"十岁的小强见状，拨开日本兵的枪刺，冲过去想抱摔烂的小弟，却被一个日本兵一脚踢倒在地。

这时，小强的另外四个小弟也跟着哇哇哭叫起来。母亲怕孩子吃亏，赶忙上前护卫。鬼子恼了，几把刺刀一齐对准母亲。小强和弟弟们不知哪儿来的勇气，突然一起扑向日本兵，连咬带叫，握着刺刀想保护他们的妈妈。

反了！反了！几个日本兵相互愣了一下后，立即用力从孩子手中拔出枪刺，霍！霍！一把把尖锐的刺刀像切西瓜似的向五个娃儿脑袋、胸口刺去……

顿时，孩子全都倒在血泊之中。

"我的儿啊！"母亲疯了。

"弟弟——"小强的姐姐疯了。

可日本兵更来劲了。"哈哈哈，花姑娘的可以干活了！"

在血地上、在血地旁边的石板上，母亲和姐姐被这群日本兵轮奸了。

"妈！妈——"不知什么时候，小强突然从地上站了起来，死里逃生的他像触电后惊醒并四周寻找他最想保护的人。他看见了，首先看见的是躺在一边的还有气的身上挨了五刀的姐姐。

"找妈妈——"姐姐歪着头，有气无力地对小强说。

"嗳、嗳嗳。"小强隐约听到好像是小弟弟在哭。转头一看，果真：是那个被鬼子用刺刀挑得远远的小弟弟还没有死，于是小强过去抱起小弟弟，随后又回到倒在血泊中的母亲面前。

母亲下身一片血，躺在那里不能动弹。小强将不停哭泣的小弟弟抱到母亲的面前让她看。只见母亲轻轻地解开胸口，将奶头塞进小儿子的嘴巴，而就在这时，小强见母亲的头突然一斜，再也没有动弹一下。

"妈——妈妈！"小强哭个不停。可哭有什么用，他要看看倒在地上的亲人还有没有活着的。

他见到了一边双手拱着跪在地上的父亲。

"爸！"小强见状，以为父亲还活着，便上前推了一下父亲，结果父亲彻底倒下了。小强将其翻过身子，见父亲前后身都是刺刀留下的仍在流血的窟窿……

现在，全家九口人，只剩下小强和姐姐及两岁的小弟。

十岁的小强先把小弟抱进附近的一间屋内，又将受伤的姐姐拖了进去。

"呜呜……"刚进去，小强便听到旁边的屋子里有女人在哭。

"谁呀？"小强进去一看，有个衣衫不整的女人坐在地上哭泣，一看便知又是被日本兵糟蹋过的。

"我男人是唱戏的，鬼子把他杀了。你们一家也怪可怜的，要不到我家去吧。"此女长得俊，又胖乎乎的，于是小强和姐姐称她为"胖妈妈"。

好心的"胖妈妈"帮小强将其姐姐和小弟一起拉扯到她自己家，给小强他们吃饭和养伤。第三天，三个日本兵闯了进来。不由分说，将小强的姐姐和"胖妈妈"又给轮奸了。

小强的姐姐被弄得下身数日不能动弹。"胖妈妈"的胸部则被咬啃得一片红肿青紫。

不日，"胖妈妈"听说"金陵大学"那边有难民营可以保护她们女人，小强便与"胖妈妈"一起扶着他姐姐到了难民营。

可是难民营并不安全，日本兵又多次进去将小强姐姐和"胖妈妈"奸污……

从难民营回来，小强不见了小弟，问邻居，人家告诉他：你小弟是冻死的，尸体被人拉走了。

几天时间，小强一家九口人，只剩下了他和姐姐。不多久，姐姐得传染病而死。小强成了孤儿。

小强真名叫常志强，原住燕子矶化工新村，1928 年 12 月出生。

地址：申家巷 17 号大院

这个大院住着好几户人家，家境稍好一些的人家逃到了外地或远方的亲戚家，那些无处可避的穷人则留在院内，听天由命。

一日，日军见紧闭的大门内有炊烟，于是铁蹄入侵，鸡犬不宁。

"花姑娘的有？"赵家独子赵廷栋因为新婚，故而小夫妻俩与母亲都留在院内没走。这回小鬼子进院一见十八九岁、年轻力壮的赵廷栋，便把他当作"中国军"押走，在大街上砍了。

赵氏婆媳怎能抵得住日军兽行？新娘和婆婆一并被 5 个鬼子轮奸。

隔壁的张玉龙妻子躲藏在床底下，日军一刺刀便将其逼出。随后三番五次奸了近一小时。末后张妻自羞不已，欲自寻短见，被家人硬劝方止。

平时靠捡垃圾为生的李氏也没有逃脱魔鬼之掌，不仅被奸，且被拖至街上，逼其光着身子来回跑跳，然后打断其双腿，使她毙命于露天。日魔仍不罢休，将李氏平时捡得的啤酒瓶子插在其阴道之内，仰躺在大街上……

数日后，逃难回家的施秀兰还在现场见到了没人收尸的李氏惨状。

地址：淳化镇

这一天，小鬼子照例出来寻找"花姑娘"，而且是骑着大洋马，神气活现。

"花姑娘的有！"突然，他们看到前面有一高一矮的母女俩走在路上。天下着小雪，母女俩手中撑着伞。

日本兵见了女人就像饿狼见了肉食，不管三七二十一，扒光对方的衣服就奸。虽然猖狂，但鬼子也有害怕之心，同时又怕军马跑了，于是在强奸之时，用绳子一头系在马腿上，一头绕在自己的脚腕上。

被奸的母亲光着身子，见不远处有行人，便羞愧难当，下意识打开手中的伞。不想，黑布伞突然打开，惊吓了军马。只见那马一声啼叫，扬腿而奔。这下把它的主人——俩小鬼子拖在地上狂奔了 100 多米。

"死啦死啦的！"被拖得血肉模糊的日本兵气坏了，扬着军刀，冲着这对被奸的母女跃马而去。

母女俩自知没有活路，跳进旁边的河里。

砰砰！砰砰！日军朝河中开枪扫射，母女俩中弹而亡。

这事可惹怒了这群日本鬼子，后来他们又增兵数人，对附近的两个村子进行报复。鬼子们将 30 多个男人抓到淳化小学后面，又将抓来的几名妇女当众奸污，其中多数是男人的妻子和他们的女儿。这还不够，最后将这些男人统统砍死，而被奸的女人也没有几个能逃得性命。

地址：江心洲

此地紧抱长江，也是日军屠杀中国战俘的主要现场之一，同时这里也是日军强暴妇女的重要犯罪地。

由于江心洲四处皆是江，河塘纵横，芦草丛生，加之不少农家有小船小舢，似乎是藏身良地。哪知这也是日军犯忌的地方，故而成了他们疯狂袭击与"扫荡"之地。其间奸杀中国妇女数不胜数。

一日，一排日军开着汽艇来到此地，见李永年家的锅窑里躲藏着4个从城里逃来的女人，便一一拖出来奸污。

有村民王学江的女儿不从，日军举起枪刺欲加害于她。该女聪明，连忙摆手说："要干，我们到林中的小塘里，那边没人。"

其中一小鬼子大乐："哟西！"便跟着王女到了塘边。该女指指岸边的莲盆，说："我们到水上好做事。"

小鬼子心头痒痒，再次上当，跟着上了莲盆。王女熟悉地划着那小小莲盆，离岸几十米后突然将莲盆弄翻，然后在水中扣住日魔，直至他一命呜呼。

第二天，日本兵水陆齐进，一场报复便在江心洲开始——

先是积余村王华明、王月德等百余村民和逃至此地的难民被杀，尸体扔在大茅坑内。

后是南上村的男人们被强拉到田埂上，与扒光了衣服的本村女人性交。谁不从，就砍谁的脑袋。

西下村不少妇女藏在草垛里，日军用刺刀捅、用火烧，逼着藏身的妇女出来，然后拖到一边轮奸。奸完后又逼着她们用嘴巴舔干其生殖器，不从者砍头。

一城内逃至此地的商人全家，躲在小舢上用芦草掩着，被日本兵发现后迅速划向江中想逃跑。他们哪是汽艇上的日军对手！小舢被拖到汽艇旁，男人和两个孩子被一阵乱扫，命毙于江中。女人被日军拉到汽艇的甲板上十余次强奸，最后扔到江里，一枪击毙。这商人一家五口人的血，凝住了小舢四周……

地址：汤山镇

这里是丘陵地带，日军来后，百姓或上山躲避，或在屋前宅后掘个洞藏起来。

日军不傻，上山搜索，带着狼狗，许多妇女纷纷逃走。有个老太太上山困难，被日军发现。小鬼子变贼了，用刚刚学会的中国话对老太太说："我们是中国军人，你让他们不要害怕，下山吧！"

老太太不懂，以为说中国话的都是好人，便向藏在山里的人喊话，结果下来五六个妇女。

"哈哈哈……花姑娘的好！"日本兵露出兽相，在草丛里就将这些女人一个个强奸了，最后连那个七十来岁的老太太也没放过。

末后，三个日本兵骑马来到孟塘，几把火将村子烧了个精光。他们站在后巷的山头上，见行人就开枪。毛氏一家躲在地洞里，小孩子不懂事，从洞里探出头，被日本兵发现，几个点射，将7个人全都打死在里面。其中毛家新媳妇怀孕已有七八个月，被鬼子从洞里拖出。

"你的脱！"日本兵命令她。

"我有身孕了。不能……"小媳妇哭着乞求。

日本兵根本不听她的，扒掉其衣裤，就在洞门口将她强奸了。第二个日本兵还想奸她时，这小媳妇突然疯咬日本兵，结果惹怒对方，对方一刺刀便向她的肚子戳去，连腹中的婴儿也被挑了出来。

小媳妇死了，已经成形的婴儿也很快断了气。

小鬼子淫心不灭，欲火越烧越旺。

他们来到黄梅桥村西头的池塘边，从庞家的房子里拖出一个男人，让他找"花姑娘"。这男人平时在上海做皮箱生意，妻子躲在旁边的地洞内没有被日本兵发现。

男人似懂非懂地朝日本兵摇头。咔嚓！军刀向他脖子上横向挥去……

躲在洞内的女人不知外面的情况，探出头来往外看。日本兵见状，立即将其拖出，当着她还有一口气的男人的面轮奸了她。然后将夫妻两人一起扔到塘里，又补上两枪。

……

类似这样一个个惨不忍睹的场面和情形实在太多，以至于我不想再往下叙述。还有许多更为恶心和无法形容的强暴行为，是极不宜见诸文字的。而所有这些，令我数日难以从这样的"现场情景"中自拔，每每半夜常被噩梦所惊醒。

有一名叫郭岐的国民党老兵，是当年南京守城军的辎重营营长。首都陷落后，郭岐与部队失散，匿躲在城内三个月，亲眼目睹了日军惊世骇俗的暴行。脱险后的他，写成了一篇《陷都血泪录》的几万字亲历记。后在军事法庭审判日本战犯时，郭岐作为控诉日军罪行的证人。有关日军强暴中国妇女的情形，郭岐先生有过这样几段内容：

水西门烈女受辱记

水西门的悲惨故事，在南京大屠杀以后，永远都说不完。有一位读过点书、平时颇受人尊重的老者，膝下只有两个女儿，一个已嫁，一个未婚。南京陷落后先是女婿一时走避不及，被日军拉了去充夫子，自此不知下落；父女三人正在凄凄惶惶，不知如何是好。有一天，忽然有三名日军闯进门来，当时老者的二小姐正走过客厅，被首先进门的日军瞧见，顿时两眼发直，唇角流涎，连忙回头告诉他的同伙，他找到"花姑娘"了。

这位二小姐一看大事不好，吓得花容失色，忙不迭便向楼上逃。与此同时，老者跪下来，哭着求免，但是三名来势汹汹的日军，哪里来得及听。猛地一把，将老者推倒在地，然后，便嘻嘻哈哈、叽里呱啦说着日本话，相率直奔上楼。

老者的大小姐，当时也在楼上，一见三名日本兵色眯眯地抢上楼来，心知这一回万难逃得掉，她救妹心切，便泪眼涟涟，挺身而出。她原想拼死受辱，救下她尚未出阁的妹妹，然而，日军人多，一个捺倒了她，另两个便去满楼追逐那位二小姐，终以楼小人多，二小姐也落入了日军的魔掌。

老者摔在地上，放声大哭。他大女儿舍身救妹，在楼梯口出现的那一幕，是他亲眼瞧见的。紧接着大女儿大放悲声，二女儿又在极喊求救，楼上五人，乱成一团。

"谁无父母，谁无儿女"，此情此景，叫那位老者耳闻目睹，怎生受得了？可是他已年老体衰，又被横暴的日军推了一跤，即使能够挣扎上楼，赤手空拳，怎斗得过三名凶神恶煞般的日本兵呢？因此，老者在两个女儿哭喊哀号声中，心如刀割，伤惨万分，他只好勉力地爬出门去。多一半，他是想图个眼不见为净。

然而，当他刚刚爬到大门口，听到楼梯上咯噔咯噔的脚步声，头一个逞了兽欲的日本兵，将老者的大小姐，让给他的同伙，手里拎着裤头，匆匆忙忙跑下楼来。因为，南京大屠杀后，日军固然四处淫掠，一见到中国女子，从十来岁的小姑娘到八十多岁的老太太，一律难逃魔掌。可是，在光天化日之下，当街强暴，连禽兽不如的日军，也难免神明内疚，做贼心虚，兼以害怕中国男子拼命报复，所以他们总是三五成群地四下搜索，一旦找到了中国妇女，也必定是恬不知耻地轮流逞强，逞强时，还得派一个人在外头把风，就怕有什么风吹草动。

这一名抢先上楼而头一个下楼的日军，原是为同伙把风而急急出外的。他一眼瞥见那位老者正在挣扎着往外爬，误以为他是乘施暴者无备，赶赴门外去求救的。当下不由分说，抢上前去，照定老者的脑心，砰地便是一枪，接着，又是猛一刺刀，刺进了老者的胸膛。

楼上的两姊妹，正被两名日军捺在地上，纠缠不清，突然听见楼下枪响，又是她们父亲发出的一声惨呼。身既被辱，父又见杀，刺骨锥心的深仇大恨，任谁也不能忍受。于是两姊妹不约而同地奋身而起，拳打脚踢，张口便咬，抱定了决心跟鬼子兵性命相拼。两名日军正在恃强逞欲，吃那两姊妹一阵穷追猛打，于是恼羞成怒，取过枪来，挺起刺刀，向那赤身露体的少女一阵乱戳，两位烈女终告双双殒命。

两姊妹受辱之后又遭残杀，三名日军仓皇地穿好军衣，呼啸而去。那时候，挨了一枪又一刺刀的老者，其实还没有死，他血流遍体，又挣扎着爬向楼梯口，想要探看一下那已经惨死刀下的两姐妹，究竟"怎么样了"。然而，他奄奄一息，体力不支，爬行到了一半，仍旧猝然倒地。直到他的左右邻居，看清楚了行凶逞暴的日军确已离去，鼓起勇气过来探视，听老者断断续续地说了惨案发生经过，再到楼上，替那一对遍体鳞伤、气绝身亡的烈女穿好衣裳，回到楼下悲泣着告诉老者两姊妹已双双罹难，老者方才悲呼一声：

"天啊，这是什么世界？"

终于血流殆尽，一命归阴。

中年母亲大遭其殃

周家的惨剧发生以后，不下几天，居然就在我所住的意国总领事馆楼上，我亲眼目击了一幕人间地狱的惨剧。在意国总领事馆的隔壁，有一幢很完美的洋楼，门墙高大而坚固，在我所住的房间，凭窗眺望，可以把那边的情景一览无余。那幢楼房的主人也是走得不知去向，南京城陷，便有四五十位难民，搬了进去居住。其中有十几位女子，都是儿女成群，人近中年，总以为鬼子兵不会看上她们的。因此，当鬼子兵第一次前去搜劫时，她们和孩子都未曾躲避。

那一天，隔壁洋楼门外来了几十名鬼子兵，领章有黑有黄，但却既无部队番号，又无官长。他们猛力敲门，一个难民开门略迟了些，便被他们一把揪住，拳脚交加，打了个半死。直到他们瞥见大客厅里还有女人，马上就放了那个奄奄一息的开门者。鬼子兵有的厉声叱喝，有的浪声大笑，先把大客厅里的男人统统撵走，再将母亲们拉了过来，当着小孩子的面，光天化日，明目张胆，就在大客厅里，把她们的衣裳剥得精光，然后集体演出

丑剧，三对一，五对一，去而复来，周而复始。被凌辱的
女人起先高声哭叫，往后便只有声声求饶。孩子们怎会
见过这种骇人的景象，一个个的全都吓哭了。这时候，
正淫其母、灭绝人性的鬼子兵，居然会腾出一只手来，
拍拍孩子的头，肆无忌惮地说：

"不怕，不怕！"

"不要哭啊！"

"你妈就来了噢！"

客厅外，庭院里，那些女人的丈夫们，一个个失魂
落魄，面红耳赤。有人伏在墙上，哀哀地哭；有人双手
抱头，木立不动；老年人直在摇头拨脑，唉声叹气；也
有几个人背负双手，在院子里踱来踱去，他们一脸的焦
躁羞愤，抓耳挠腮，跌足叹息。从客厅看到庭院，我但
觉得胸口一阵阵地抽痛，怒发上指，握爪透拳，我只有
紧紧地闭上眼睛。

还以为这一次集体轮奸，很快地就会成为过去的呢。
殊不知，一个兽欲已达、裤带犹未系好的鬼子兵快步走
出门来，上了大街，又遇见了一队鬼子兵，又是好几十
名。于是，鬼子兵呼朋牵侣，轻佻诡谲，那一批还在辣
手摧花，这一批紧跟着又一哄而来。一批又一批，川流

不息，大客厅里备受荼毒的女人，已经有气无力，连呼救声都发不出来了。

日寇陷我南京，奸淫烧杀，无所不用其极，使南京城成为鬼蜮境域，恐怖地带，没有一个男人敢说自己能活得到明天，没有一个女性敢说自己能保得住贞节。固然，也曾有人说，鬼子兵是相沿军阀时代攻城略地的恶例：纵掠三日，封刀安民，过三天就不会有事了。然而，三天，一个礼拜，一个月……犹仍不见停止。甚至于三个月后，都还在四处搜劫，遍地淫掠如故。在南京城里苟延残喘、忍辱偷生的同胞们，只有无语问苍天：何时能够重见天日啊？

日军占领下的中国妇女，怎能有天日可见？郭岐先生的感叹只能让苍天一起跟着滴血……

日军自述：天天"花姑娘的干活"

日军侵华的整个过程，特别是像无辜地戮杀中国百姓这样的事，当时的日本军方和政府有相当严格的纪律，也就是说，不经军方和官方审查，绝对不能将在中国的所作所为——指杀人放火的事随便讲给家人和亲友听的，更不能写文章。在日本侵略者宣告投降后，日方对所有回国的将士都有最为严格的审查措施，在战场上的"日记""笔记"等见诸文字的东西一律禁止带回，一旦发现是要受严惩的。因此现在从日方想获取这方面的第一手史料非常不易。然而，即使这样，我们仍然还是获得了一些零零碎碎的日本老兵们当时留下的"日记"等。战后曾经有一段时间——包括现在，一些对战争有反省意识的日本老兵，随着年龄的不断增长，加之越来越悔恨战争，陆续有人开始写回忆文章，这使得当年日军在中国包括南京大屠杀时的罪行有了更加真切的反映。另有一些爱好和平的反战人士，如松冈环女士等更是自己行动起来，亲自找日本老兵调查核实其在华时的罪行，故而我有机会获取一部分日本老兵自己写的反映他们在华时强奸和轮奸中国妇女的材料。

　　一个男人强奸或参与轮奸女人，在世界任何一个国家都是要受到严惩的，而几乎没有一个强奸和轮奸过女人的男人会主动把这样的事说出来的。战争中强奸和轮奸女人应该说不是只发生在日本军队里，但日本军队在中国特别是在占领南京时期对妇女的伤害，是特别残忍和可憎的。日本官兵自己也承认：几乎没有人干净过。强奸和轮奸女人就像"吃饭"一样，是他们"必须"和"随手可得"的事。

有事没事，"找花姑娘"；"征粮""征发"主要目的也是"找花姑娘"，白天黑夜"找花姑娘"……当兵的"找花姑娘"、当官的"找花姑娘"，在南京沦陷的日子里，日本兵所做的最"来劲"的事基本就是这一桩。

"这场战争最糟糕的不是被烧掉的建筑和被摧毁的家园，虽然那也很糟糕，而是男人永远不会再回来，而妇女终生都要伴随强奸带给她们的身心痛苦和伤害。我几乎不知道男人被带走杀害和妇女在恐怖中幸存下来变成惊弓之鸟，哪件事更令人悲伤。"外国传教士米尔士在写给他妻子的信中这样形容他所看到的日军给南京百姓留下的最悲惨的情形。（《南京大屠杀史料》第 70 卷第 770 页）

"搞女人的事，是不会随便写在日记里的。"一位日本老兵的后裔这样对我说。尽管如此，我还是在极其有限的日本老兵的"日记"里找到一些这方面的东西。如原侵华日军第十六师团三十三联队第一大队的士兵田中写的《田中日记》中就这样记述过：

　　一月二十日
　　分队的人终于带女人来了。她哭着说："家里有婴儿，让我回去吧。"我们虽然没有父母的慈爱心，但觉得她很可怜。某某、某某家伙做了"好事"。

一月二十二日

又有姑娘被拉进来了。吵闹了一个晚上睡不着觉。

一月二十三日

清晨我大叫："赶快让她们回去。"太过分了，令人生气。

下面是日本老兵在上世纪九十年代前后接受调查访问时所自述的在南京强奸、轮奸中国妇女的原始材料——

秋山源治：想要饭吃，就用性来换

我们在难民区也发现了姑娘。姑娘的征发，刚开始是闯进房子里搜查，一旦发现女的就干了。

攻陷后过了十到十五天，我去了难民区。到了那里，我就说"剩饭跟 × 交换"。当时我是连锅端着去的，所以就说跟这个交换。跟女人，你就说"饭、饭、性交"或者"×，交换"。这么一来，女人就说把那剩饭给她。（很多人逃走了）房子哪里都空着，所以我说一声"走吧"，就干了。那时候局势已经稳定下来很多了。

鬼头久二：发现女的便就地强奸

　　"扫荡"的时候是挨家挨户进行搜查，如发现女孩子，当场就给强奸了。女孩子们大概都躲在床下或窗帘后边。被发现的时候，不知是害怕还是什么原因，反正没有反抗。因为没有受到宪兵队的阻止，所以可以随便干，没有限制。女人们脸上都涂着墨水之类。想不起来自己强奸了多少女人，只有一件事有印象，那是抓到逃跑的母女俩时，母亲说女儿还小，所以求我们只对自己来，我说了句"笨蛋"，把母亲推开了。干的时候是两三个人一起干。干的时候当然觉得不好，也想过，如果日本被占领，自己的女儿或者是女人被强奸该怎么办。但是，当时是自己也不知道自己什么时候死，所以趁还活着的时候干自己想干的事情，这跟天皇的命令什么的没有关系。这成了理所当然的事。我在南京当然有过强奸的经历，并且是不分场所，有很多空房子，就在空房子里的床上干。平时也拿着米去向母亲要女儿。还有，有的女人是自己从难民区走出来，用自己的身子换大米。米是我们自己吃的大米，一回给装满一只袜子的量［相当于五合（日本的计量单位，一合约零点一八升——译者注）]。不是在南京城，而是在南京郊外，如果被宪兵队抓住的话比较麻烦，所以就杀死了女人。我是只在"扫荡"时进城的，也杀过人。

从这些事情来看，我认为南京大屠杀是有过的，我认为是干了坏事。

井户直次郎："扫荡"时的主要兴趣是强奸

（强奸）是所到之处都有。这是少不了的事情。在所到之处都目睹过扛着女人和强奸妇女的场面，连老太太也抓。强奸后就给杀死了。残酷极了。

陷落后过了两天，到下关进行征发的时候，在民宅征发过米和食物，那时也征发女人。打开屋里的衣箱盖时，发现里边藏着年轻的媳妇。因为是缠足，所以逃不快，就抓住了，就地扒掉衣服强奸。因为只穿了一条裤子，里边没有穿内裤，所以马上就可以干了。干完后，对方虽然说了"不要"，但还是对准胸口开枪杀死了。这是一种默契。如果以后宪兵队来了，事情败露的话要算作罪行的，所以给杀掉了。大家都知道这个道理，所以干完就杀掉了。

过了好长时间，治安有所好转，宪兵队让部队所有的士兵排成一排，把受到强奸的妇女带过来，让她们指出是谁干的。跟平时不一样，这次不算有罪，只是被骂了一句"不要再干了"。不算有罪，也不算别的什么，只是挨骂而已。我们随心所欲地作恶，十个人里竟然有九个人干过强奸，还自吹自擂引以为豪呢。

大部分的部队都带着称为慰安妇的三十多名妇女一起行动。几乎都是朝鲜的妇女。我们的部队也设置过慰安所。不是设在中队，而是设在野田部队的联队里。在南京（驻屯地）的光华门附近也设置了慰安所。

对城里的女人藏身的地方也是了如指掌。年轻的、年纪大一点的都干过。干完后如被发现的话会惹来麻烦，所以就给杀掉了。不管是进南京之前，还是进南京之后，强奸妇女可以说是任你随便干，干多少都无所谓。还有的人自吹"干了七十岁的老太婆，腰都变轻了"。在城里也有很多妇女被留下来了，几乎都藏在洞里边。即使设立了慰安所，也没有减少强奸事件。慰安所的妇女都是朝鲜人，分为军官用和一般用。费用大概是一日元或两日元。一般士兵的工资是八日元左右，我因为是伍长，所以有十五日元左右。我们的分队还算好的，别的部队更是乱来。分队的士兵们几乎都经历过（强奸）。如果去城里干的话可以"白干"的。

　　还去过只收容女人的难民区（估计是金陵女子大学吧）。在屋里指手画脚地任意挑选，并且当场就干了。跟我同一个部队的，忘了是谁，在强奸的时候，被中国的败兵打了头部。从那以后强奸时，都会有人给你放哨的。是不分昼夜地干的。一般是以一个分队为单位行动。可能去过十几次。几乎所有的分队都是这样。同伙相互说"给我盯这边""给我盯那边"，干的时候也不顾虑旁边有没有人。说什么"结束了吗？这回该我了……"就是这样的情况。

　　士兵是一边说"死了，死了"，一边把女人带出来。女的也害怕被杀，所以立刻答应了。脸上虽然涂着锅底的灰，但是马上可以看出来的。每天净抓女人，虽然也害怕，但有意思的事情更多。

三木本一平：以抓阄儿的方式轮奸女孩子

　　在南京，因为闲着没事儿干，就强奸了女孩子。部队的士兵们随便出去征发女人的事情，其实军官是知道的，但什么也不说，等于是默认了。因为男人嘛，有一年半载没有跟女人睡觉，是憋不住的。如果是男人的话，那是理所当然的事情，是人的话总想跟女人睡觉。闯进民宅的话，到处都有女人藏着。有藏在家里的，也有藏在稻田里的。几乎所有的女人脸上都用锅灰把脸涂得很黑。支那的女人因为不洗澡，所以很脏，但像住在南京那样的都市里的女孩，很多是弄得挺干净漂亮的。只要说一句"×看看（露出性器官的意思，士兵们使用的中国话）"，几乎所有的女人都老老实实地把衣服卷起来，露出来让我们看的。在挂着国际红十字旗的地方，南京的女孩子都逃进了那里。街上没有女孩子，所以搜查女孩是在到郊外进行"扫荡"的时候抓的，在稀稀拉拉地连接在一起的村落里干了坏事。

找姑娘是以分队为一个单位或几个人成伙一起去的。只要抓到了，分队的几个人就上前按倒，以抓阄儿的方式决定强奸的顺序。如果抓到第一的话，要把姑娘脸上涂的灰擦干净，然后才能干。五六个人轮流按着，姑娘已经吐白沫了。士兵们是如饥似渴。女孩子怕被杀死，所以全身直打哆嗦。在南京两三个人一伙去找姑娘的时候，房子里躲着一个穿着漂亮的中国衣服、像是国民党高官的夫人似的女人。我们对她说"×看看"，她是害怕被杀死吧，丝毫没有抵抗，老老实实地把衣服下摆拉上去让我们干了。事情结束后，因为让我们干得舒服，我们还向那个夫人说了声"谢谢，谢谢"，握手道别了。士兵们都很年轻，想到明天可能死掉，就更加急切地想和女人睡觉。抱女人是谁都愿意干的事情。我认为上边的人是觉得士兵可怜，所以把朝鲜人和伴伴女郎带来供士兵们玩儿了。

听说过干完女孩子后，为了封口而杀掉的事情。还听说，有的部队让支那男女交媾，他们看着取乐。

拉来十九、二十岁的姑娘的时候，她们的父母就跟过来，把头磕到地面上，做出求我们放过女儿的样子。但求也没有用，因为士兵们都是如饥似渴，没有一个人去听他们的。三五个人按住还没有跟男人睡过的女孩，那女孩当即就昏过去，嘴上直吐白沫。父母说"不要"，但我们还是非干不可。我也干过，但干这种事是没有一点好处的。全日本的士兵都干过这种事，只看你说不说出来罢了。因为是男人嘛，分队里如果有十个人，就有十个人干过。战争拖得越长就越想女人，别的部队也一样地干。人嘛，都一样。

现役士兵没有多少经验，还算老实的。召集兵更厉害，因为都结过婚，知道女人，所以更想睡吧。一张红纸，为了天皇，大家都是被骗到战场的。

大田俊夫：抓来做豆腐的，让他找"美女"

一般的女孩子不得不都听从我们的话，只要反抗就收拾掉。如果碰到有力气反抗的，就认为是娘子军，也给杀掉。也有不就地杀死，而是让她们扛行李，带到别的地方强奸的。队长发现了，也只是轻描淡写说一句"不要干坏事啦"（嘿嘿嘿地笑）。队长也是男的，所以知道部下们在干什么，也不会去追究的。我们"是、是"地答应，一般是干完后几乎都放姑娘们回家。

做饭也使用中国人。我们一个分队抓的中国人是一男二女，让他们烧饭、洗衣服。倒是抓了能做事的中国人。男的是做豆腐的，刚抓住时他很害怕，全身直打哆嗦，拼命地求我们说"饶我一条命吧"，还在纸上写了"饶我一条命"，看上去有点儿学问。我们觉得这个男的可以用，就给他发了写着"公用"字样的臂章，留在分队里使唤了。

做豆腐的带路带得很好，因此可以偷来好多肉和鸡、毛毯及短裤等东西。因为他是做买卖的，所以对街里是了如指掌，加上有日军的臂章，所以不停地偷来手表和肉什么的。别的分队都很羡慕我们的分队。他还带来做豆腐的锅给我们烧饭。

接着让他去了绸布店里把我们的短裤和被子都偷过来。那个人还叫来两三个同伙，从店里偷了东西后竟然倒卖起来了。大模大样地把支那人的好东西偷来，干得还挺起劲儿呢。虽然店里的人挺可怜的，但我们还是得了好处。

我们在纸上写了"美女"二字，交给做豆腐的，用手势命令他去带来。男的马上说"挺好，挺好"，就出去了。"挺好"就是好的意思，说女孩子"挺好"是漂亮的意思。他去了难民区，很快就带过来两个漂亮的女孩子。是穿裙子的女子学校的学生。给她们每人一间房子，白天让她们洗衣服，晚上当然不放她们回去，留在分队里供我们玩儿。我们都很年轻，所以免不了要"洒一高"（性交）的，也是理所当然的事情。分队在南京是十来个，两个女孩子足够玩儿了。但只放在我们的部队里，关起来不让她们出去。外边到处都是日本兵，她们也知道如果逃跑的话会被抓回来杀死，所以不会逃。我也同做豆腐的一起去绸布店里扛来绸缎、闪闪发亮的衣服给女孩们穿，让女孩子高兴。别的部队都很羡慕我们，也抓来女孩关起来。在南京去征发姑娘的时候，女孩子们都在脸上涂锅灰，涂得很黑，扮成了老人。但我们还是能辨认出是年轻人，因为是敌人的女人，所以都有想强奸的念头。

只要说"没有命的、开放"，拉开胸口的话，女人就猜到要干什么了。我们拉走女孩时，女孩子的父母或祖母跟出来求饶，我们不是给刺死就是放火，然后才回来。这是命令，听说如果不服从命令的话，就送到军法会议去。我们进南京的时候，那边的人是挺可怜的。

我们是轻机枪队，所以分散行动，在步兵掩护下打枪，不打的话不行。一定要在别人先动手之前杀掉对方，想活着就得杀人。只要放开胆子去杀就有功劳，就可以得到金鸦勋章。死了就不行，活着就要尽量多杀对方。十三日，在扬子江边，步枪队一开枪，轻机枪也扫射起来了，只要谁说一句"下一批"，就把人排好打死。那时候我是以给战友报仇雪恨的心情扫射的，兴奋得连女人和孩子也杀。"南京是敌人的首都，大家都很辛苦，许多战友战死了。这回该让你们尝一尝苦头了，你们这些兔崽子。"因为战友死了，所以看见活着的中国人就恨。

南京大屠杀是存在的。说没有的人都是后来进来的人，是从东京过来稍微看一看、转一转便去南京的人说的。我们士兵是看见过的。

　　现在中国和韩国提出赔偿的问题，可怜的人真是太多了，日本让他们受到了残酷的遭遇。被谴责是理所当然的，因为南京大屠杀是存在的，是我们亲手在扬子江边开枪打死了好几万中国人。

　　……

日军占领南京城后对中国妇女犯下的罪行可以说上三天三夜，其丑恶的行径你想得到的他们都做了，你想不出的他们也做了，是人不敢想的事他们也全都做了，这也是为什么中国人骂这些禽兽不如的日军叫"鬼子"和"妖孽"的真正原因了。因为即使是鬼，也未必有那么残忍和恶毒。

　　在那么多女人惨遭奸淫与残杀的"奸情"档案里，我看到两位女性经历了两个不同的"37"这个数字，其中一位女性一天中被强奸了37次，另一位因为不从日军的强奸而身上被刺了37刀……

　　啊，1937年，中国南京的那个寒冬里的这两个"37"数字，让我为中国的女性而悲愤，让我为中国的女性而心痛，更让我对侵略者的兽性充满仇恨！

忘记这仇恨我们就不是人。是人就该把仇恨牢牢地铭记在心。

然而，在南京大屠杀的整个事件里，这还仅仅是一小部分的内容……

第四章
审判与证词

　　无数历史告诫人们：任何侵略者和侵略罪行都将遭到良心和法律的清算，日本在南京大屠杀的罪行更是如此，这是历史的必然，也是日本作为侵略国所无法逃避的，即使一百年、一千年过后，这桩灭绝人性的罪行依旧不会轻易被抹杀，更不要说有人妄图掩饰和否定。

　　对日本这样有侵略本性的军国主义国家，南京大屠杀事件是一定要时常拿出来晒晒的，因为制造这场残暴悲剧的人和他们的后代一直并不甘愿承认其罪恶。就像"二战"的最后时刻，当同盟国的领袖们在 1945 年雅尔塔会议上，宣布向德国、意大利和日本这三个轴心国发起全面反击并责令其投降之后，日本人无动于衷，继续疯狂地与和平世界作斗争，而随后由美、英、中首脑在柏林近郊的波茨坦发表的公告明确指出"吾等之军力，加以吾人之坚决意志为后盾，若予以全部实施，必将使日本军队完全毁灭，无可逃避，而日本之本土亦终归全部残毁"。如此严厉的警告，穷凶极恶的日本人竟然我行我素，拒不投降，并且不仅在中国等亚洲战场继续顽抗，屠杀平民，而且制订了"本土决战"和"一亿玉碎"计划，即准备付出1亿日本人的生命来换取最后的挣扎。

在这种情形下，1945年8月6日清早，美国出动B-29轰炸机在日本广岛投下第一颗原子弹，将整个广岛化为火海。然而即便如此，日本人依然拒不投降。

8月8日下午时，苏联外交人民委员莫洛托夫召见日本驻苏大使佐藤，通知他：由于日本继续进行侵略战争，拒不接受《波茨坦公告》，因此苏联履行对联合国的义务，宣布自远东时间9日凌晨起，苏联将认为自己同日本处于战争状态。莫斯科和远东的时差恰好要晚数小时，莫洛托夫通告日本大使时，其实在远东已经接近9日凌晨，莫洛托夫向日本大使宣布通知后不到半小时，即8月9日0点10分，苏联远东部队150万大军闪电般地进入中国东北，对日本关东军进行了最后一击。日本人甚至还没有反应过来，他们的王牌军便已经土崩瓦解了。

同日，美国对垂死挣扎的日本本土——长崎岛再投一颗原子弹。同时又对首都东京进行了更大规模的惩罚性大轰炸……

1945年8月15日，日本天皇不得不宣布投降，于是这场对亚洲国家尤其是对中国长达十几年的侵略战争宣告结束。

显然日本是在强压下宣布停战和投降的，并没有甘心举起双手并对自己的侵略罪行作起码的自省，这也为日后几十年来他们一直对侵华历史与罪行不能正确对待留下了祸根。贼心未泯，罪名当然可轻之、略之。

我们今天在与日本方面争论历史和领土的时候，常常提到著名的《波茨坦公告》，是因为该公告的条款中有两条规定得十分明确而坚定：一是重申了《开罗宣言》中所指出的战后"日本之主权必将限于本州、北海道、九州、四国及吾人所决定其他小岛之内"；二是"对于战罪人犯，包括虐待吾人俘虏在内，将处以法律之裁判"。

当今亚洲地区的乱象不少，尤其是中国与日本之间的问题，大都是因为美国和日本方面刻意忘掉了上面这两条极其重要的内容，由此才引发了种种国与国之间的纠纷和矛盾。祸根在何处，世人应当清楚。

我们先来说说"二战"结束之初的情形：

应该说，同盟国和当时新成立的联合国机构对清算发动法西斯战争的德国希特勒、意大利和日本政府所犯罪行，是非常及时和积极的。1945 年下半年，"二战"结束后的胜利国除了忙于各自医治战争创伤外，便开始具体行动"收拾"战败的德国、意大利和日本。

欧洲诸国负责"收拾"德国和意大利；美国和中国等重点"收拾"日本。

1946 年 1 月 19 日，正在日本东京执行"全面改造日本"任务的盟军总司令和占领军最高指挥官美国五星上将麦克阿瑟将军，签署了一份审判日本战犯的"特别声明"：

鉴于反对轴心国非法侵略战争的美国及其同盟国曾屡次声明要对战犯加以审判；

鉴于对日作战的各盟国政府于一九四五年七月二十六日在波茨坦宣布，作为日本投降的条件之一，必须对所有战犯包括虐待同盟国俘虏的战犯予以严厉的审判；

鉴于一九四五年九月二日在东京湾签订的投降文书，作为签约国的日本已奉天皇及该国政府之命并代表天皇及政府接受《波茨坦公告》中所规定的此项投降条件；

鉴于统治日本国的天皇及政府根据投降文书必须接受盟军最高统帅的支配，盟军最高统帅有权采取适当的措施落实投降书条款；

鉴于本声明的签名者被盟国指派为盟军最高统帅接受日本武装力量的投降；

鉴于美、英、苏政府于一九四五年十二月二十六日在莫斯科达成落实日本投降条件的共识，中国也同意由盟军最高统帅发布一切落实投降条件的命令——

因此，作为盟军最高统帅，本人麦克阿瑟为落实投降条件中关于严惩战犯的要求，现在根据授权，特发布命令和规定如下：

第一条　为对犯有包括破坏和平罪在内的个人、团体以及兼具此双重身份而被起诉者加以审理起见，特设置远东国际军事法庭。

第二条　关于本法庭的组成、司法权限和功能，均依本日由本统帅批准之远东国际军事法庭宪章解释之。

第三条　本命令所规定之任何事项，均不得妨碍为审理战犯而在日本或曾与日本处于战争状态之联合国成员国所已设置或行将设置之任何国际、国内或占领地法庭或委员会以及其他法庭行使司法权。

以上由我亲自发布，一九四六年一月十九日于东京。

美国陆军五星上将

盟军最高统帅　麦克阿瑟

这位 1919 年就担任美国西点军校校长、领导征服日本的太平洋西南战区总司令、代表联合国与日本代表签署日本投降协议的"二战"名将，在此次的声明中，充满了法律文本的严谨词汇，3条声明内容，明确而坚定，令参与发动侵略战争的日本战犯毛骨悚然。

法律是严峻和冷酷的，而对曾经造成他国无数生命毁灭与痛苦的战争罪犯，这样的严峻与冷酷是必需的，这关乎所有无辜的受害者与主权国家的尊严。

如此重要的责任，在发动法西斯战争的刽子手们放下武器的那一刻，曾经饱受战争之苦的胜利国都没有忘记一件特别重要的事：抓捕战犯——那些领导和发动法西斯战争的头目们。

抓捕战时日本内阁首相东条英机的"一号逮捕令"于1945年9月11日，由麦克阿瑟将军签发。当天下午4点，盟军少校劳斯带着一群美国宪兵赶到东条英机住处。

"你们来敝处有何贵干？"二楼的窗户突然打开，一个已经失去光泽的秃头探出窗口，颇为生硬地责问美国宪兵们。

"你就是东条英机大将吧？"劳斯少校很客气地说，"我们奉麦克阿瑟将军之命，请你到盟军司令部报到。"

"对不起，没有我国政府的命令，我不与任何人见面！"东条英机说着，将脑袋往里一缩，又将窗户紧闭。就在劳斯等宪兵们有些不知所措时，突然楼上传来"砰"的一声枪响……

"坏了！"劳斯知道不妙，立即带兵冲进屋子，上了二楼，找到东条英机的房间。只见此时身穿短袖运动衫的东条英机，仰躺在书桌前的摇椅上，左胸前一团鲜血正往外涌……

"快快！救护车！"劳斯命令手下，并同几个宪兵一起将东条英机抬下楼去。

"我……没有错，大东亚……战是……是正义的……"东条英机没有死，只是在送往医院的路上仍不停地念叨着这句话。一个月后，他的伤势明显好转，并被正式关押起来。

与此同时，美国宪兵和武装人员每天在东京和日本各地忙着抓捕被盟军确定的战犯，此工作一直持续到1945年底。南京大屠杀要犯松井石根是9月19日被捕的。此前一星期，他还大言不惭地对美国记者说："至于敝人，二次大战期间虽曾奉命出任上海派遣军和华中方面军负责长官，指挥过淞沪会战与南京会战，但根据《波茨坦公告》精神，这不能视为犯了'战争罪行'，因此敝人问心无愧。"可惜的是松井石根对《波茨坦公告》理解得极为有限，难怪盟军抓捕到他家时，这个瘦小的老家伙浑身抖动不止，显然他始料不及。

审判日本战犯的罪行必须是无情和严肃的。而如此重大的"世纪审判"艰巨而艰难，尽管战犯的罪行有目共睹，但一切程序和法律运用必须严格且严谨，不能有失误之处，这既是使战争罪犯获得最严厉的审判之需要，更是对人类正义的伸张。

1946 年 5 月 3 日，东京国际法庭首次开庭，作为起诉方的总检察官、美国的基南先生一上来就对东京审判日本战犯的合理性，向包括在场的日本战犯在内的整个法庭作了陈述。

"成立一个国际法定的法庭，并允许这样的战争罪犯拥有为自己辩护和声称自己是无辜的特权，这是文化和宽容的现代文明理想的顶点，它已被固化、结晶。"基南说到这里，目光落在东条英机、松井石根等战犯身上，他发现他们的头轻轻地抬了一下，目光在碰撞，似乎重重地缓了口气，但很快松缓的胸口又被压上了重重的石头，因为这些战犯看到了在场中国法官目光里从没有改变过的严峻……

基南的语气变得稍有些舒缓和低沉：

"今天，我们心怀谦卑，但十分诚实地开始我们的任务，着手从事我们的工作。因为为了这样关键的目的，我们必须采取公正的行动。正如我们检察方所认为的那样，如果我们不能做出诚实的努力，做出我们的贡献，如果战胜国不能做出所有正确的事情来阻止毁灭世界的力量，这本身将构成一个不可原谅的犯罪。我们唯一的恐惧是缺少做好我们工作的才智和能力，因为这个责任本身是非常苛刻的。"

　　"谢谢庭长先生。"基南结束了他的第一部分"审判的意义"的陈述。毫无疑问，他的这番陈述实在太出彩了！它让战胜国和战败国、受害方与加害方的控辩双方都无话可说。

　　绞死甲级战犯松井石根，枪毙战争刽子手谷寿夫。

　　1947年4月26日，南京雨花台。

　　这座被南京人称作"杀头台"的地方，这一天成了万众瞩目的地方——上午11时30分，由军事法庭将罪犯验明正身后，谷寿夫被押至此地，随即由国防部警卫第一团班长洪二根在围观市民的欢呼声中，一枪将南京大屠杀的罪魁祸首谷寿夫击毙于泥草地上……

　　审判谷寿夫的同时，南京军事法庭对包括曾进行"杀人比赛"的两名日本下级军官向井、野田在内的几十名其他日本战犯也进行了审判与处决。

　　至此，东京审判和南京审判画上了句号。

　　然而，两年后的1949年1月27日，南京城的"中央社"在这一天清晨却发布了一条特别新闻而引起举国震惊：

　　　　"日本战犯、前中国派遣军总司令官冈村宁次大将，
　　一月二十六日由国防部审判战犯军事法庭举行复审后，

于十六时由石美瑜庭长宣布无罪……"

此消息，如一颗重磅炸弹，令举国上下哗然！

次日，中国共产党领袖毛泽东急电南京国民政府，严正声明：日本战犯前中国派遣军司令官冈村宁次大将，为日本侵华派遣军一切战犯中的主要战争罪犯，今被南京国民党政府的战犯军事法庭宣判无罪，中国共产党和中国人民解放军总部声明：这是不能容许的！中国人民在八年抗日战争中牺牲无数生命财产，幸而战胜，获此战犯，绝不能容许南京国民党反动政府擅自宣判无罪。全国人民，一切民主党派，人民团体以及南京国民党反动政府系统中的爱国人士，必须立即起来反对南京反动政府方面出卖民族利益、勾结日本法西斯军阀的犯罪行为。我们现在向南京反动政府的先生们提出严重警告：你们必须立即将冈村宁次重新逮捕监禁，不得违误，此事与你们现在要求和我们进行谈判一事，有密切关系……

毛泽东和中国共产党的声明措辞严厉。但毛泽东和共产党此时仍没有掌握国家政权，南京的事，管不到，说了也没有多少用。

南京城内的事现在是李宗仁在当家，可李宗仁这位"临时总统"的权力也十分有限，还得暗地里听从身处浙江老家奉化的"蒋总裁"蒋介石。

　　蒋介石要放冈村宁次，本来就是一笔肮脏的勾当与交易。

　　我们来看一看冈村宁次是何许人也：此人原是日本侵华派遣军的第六任总司令，也是侵略中国时间最久、罪行最大的战犯之一。他在日俄战争时就踏上了中国领土。此后当了北洋军阀孙传芳的军事顾问，是阻止北伐革命军的刽子手。1928 年他出任日军联队长，参加了日本侵占济南的战斗，1932 年升任上海派遣军副参谋长，参加了占领上海的"一·二八"战争。1937 年至 1944 年期间，历任侵华日军第十一军、华北方面军、第六方面军司令官等职，后升为日本派遣军总司令，是中国共产党在延安公布的日本战犯中的首要战犯。然而就是这名大战犯，却被蒋介石友好地释放了，并且在 1950 年邀请到台湾给蒋介石的手下上课……

　　中国现代史上留下的许多遗憾和屈辱的事，大多是因为我们自己的腐败政府或卖国贼们干的"好事"。冈村宁次没有像松井石根、谷寿夫等战犯被判死刑，就是因为蒋介石"半抗日半友日"的全部本质与全部结果。

　　蒋介石对冈村宁次"网开一面"，其原因就是日本宣布投降后，蒋介石从冈村宁次那里获得了保证和实际行动——日军不向共产党投降，全部交国民党政府和军队。

　　如此大礼，让日薄西山的蒋介石捡到了最后一根稻草，并借助这根稻草与共产党又打了几年仗……蒋介石从 1927 年与中国共产党决裂后，他一生多数时间里为敌的是毛泽东和中国共产党，即使在抗日战争时期，他的不少时间里，仍然想的是如何提防和扼死"共匪"。打日本人，审日本战犯，这作为一国之统帅，蒋某人不能不做，而且做得实在勉强，如果没有"西安事变"，如果没有汪精卫背后插刀，如果没有全国人民和共产党人的抗日热情与誓死决心，他老蒋的抗日决心还不知什么时候下定呢！

蒋介石的半抗半不抗日本的政策，害苦了多少中国人！日本军队在南京大屠杀固然可恨，但蒋介石如果对"南京保卫战"真心实意地安排、部署并且在关键时刻指挥有力，中国军队破釜沉舟抵抗到底的话，日本军队或许就根本不易破城！但蒋介石没有这样做，派一个基本上属于庸人的唐生智当守城总指挥官，从一开始就输给了日本人。

呜呼，我30余万南京人就这样活活地被残暴的日本军队屠杀于刀枪之下，血满长江与钟山……

日本战犯能幸免历史的审判，还有一个最重要的角色在起作用，这个角色从头到尾一直在起关键作用，它就是美国、美国政府。

中国与日本在战后几十年里的恩恩怨怨，中国的台湾至今仍没有与大陆统一，所有的这些问题，都是因为美国、美国政府在起作用！

美国是当今中日关系和台湾没能与大陆统一的黑手。

美国之所以要如此与中国人民为敌，就是它一向的冷战思维。当年第二次世界大战结束后，美国最初希望中国成为它抵挡苏联共产主义阵营的前哨，谁知中国共产党领导人民成立新中国后，它美国政府就开始不痛快了，一不痛快就把所有"二战"战胜国原先定下的《开罗宣言》《波茨坦公告》等惩罚像日本这样的法西斯战败国的国际准则——破坏，纵容和鼓励日本政府与新中国对抗，同时又支持和协助蒋介石继续与中国共产党为敌……

东京和南京大审判，留下的后遗症也就不奇怪了。

看看今天日本人对钓鱼岛的态度和美国的态度，看看大陆与台湾两岸的关系，看看南海等问题，一切皆因背后有一双大黑手的存在，那便是美国。

美国为何如此不分道德并不惜破坏国际基本准则而一而再地支持一个曾经犯下滔天罪行的军国主义国家在二十一世纪的今天如此嚣张，笔者在写此书时，竟然有了一个可以同日本人杀害30余万我南京人的大屠杀事件相提并论的另一个没有被审判的事情，那就是日本人对中国财富的大劫难、大掠夺。

那是另一部血淋淋的"南京大屠杀"史……

第五章
十问国人

关于"南京大屠杀"已经写了不少，似乎已经可以收笔。然而，我却总是无法平静。当我查阅了4000余万字的历史档案，采访了南京城那些年长的幸存者和诸多研究专家后，再纵观今天的中国与世界现实时，心头不禁涌起许多不能不说的话。这其实也是我为什么要写此书的根本所在，即我们中华民族、我们中国人到底应该从"南京大屠杀"的历史悲剧中吸取些什么？

任何一个有良知和正义感的人，当你想一想在我们美丽古都的城内城外到处血流成河、极尽烧杀奸淫的一幕幕情景时，你不可能无动于衷，你不可能不胸燃怒焰！然而，面对日本侵略者如此野蛮的行径，面对有可能悲剧重演的未来，我们的民族和我们的人民是否还有应有的警惕，是否准备好了应有的防御，是否准备好了不再惨遭失败的应对保障？

也许有人会这样说：今天的中国已经不再是当年的中国，今天我们的军队也不再是当年的军队，我们有核武器，我们还有很多很多的钱……然而，我要说的是：我们今天的中国，确实比七十多年前的中国强大了许多倍，我们的军队与装备也远比七十多年前的军队强大与精良，但仅仅有这些，就可以战胜像日本这样的侵略者？就可以确保不会再发生一次"首都沦陷"和类似"南京大屠杀"的悲剧？

否也！

我不相信我们的国家有了原子弹、有了航母和有了像二炮这样的部队就可以高枕无忧了；我更不相信那些口头上喊着"爱国"的人就是真正的爱国主义者；我还有许多不相信。我的这些"不相信"，是因为我从"南京大屠杀"事件及其过程中看到种种与那么多同胞的头颅被日本鬼子砍掉一样让人伤心与悲哀的人与事……而在今天的现实生活里，这样的人和事仍然比比皆是！

这，就是我在文章最后必须要问国人的十个问题——

一问：为什么中国汉奸多？

不用说，南京大屠杀肯定是日本人干的。但为什么日本人能制造了如此令人发指的大规模集体屠杀事件？我们不得不注意其中与中国自身相关的诸多原因，其中之一便是我们内部的汉奸太多，他们事实上帮了日本人不少忙。

　　历朝历代，中国在对外搏杀时，总有一些丧权辱国的汉奸令人憎恨。这一民族的劣根，始终没被铲除。

　　在七十七年前的吴淞大战时，蒋介石政府对日决战的军事部署和所投入的兵力，应该说还算是不错，且相当一部分军队的装备并不比日军逊色多少，而我们的用兵数量都在日军1倍以上，然而每次都是以我们完败而告终。为什么？中国军队其实在很多时候打得非常勇敢，但统帅部的犹豫不决，时而主战，时而怠战，总是错过了最关键的时机，造成最终的悲剧。深追其因，我们会发现，很大程度上我们是被内奸出卖了。大汉奸汪精卫尚且不说，他手下的一个机要秘书黄俊竟然在关键时刻把我军最高机密——封锁江阴的长江要塞、不让在武汉的日本战舰队伍支援上海——通风报信给了日本驻南京大使馆，随后日舰星夜兼程、毫无顾忌地逃出我江阴防御要塞，加入了上海的战役，最后造成我军全线溃败。

　　在南京保卫战的初期，我方军民数十万人共同对敌，登陆初期的日军像瞎子摸大象一样，这时却有汉奸突然冒出，他们明地、暗地为日军点灯引路，毁我要害。

　　中国与日本有过几场大战，稍远一点的是甲午战争。那一仗打输的原因，就是因为朝内朝外的汉奸与日本人里应外合造成了大清军队最终毁灭性的失败。

日本进攻南京和后来在城内进行的大屠杀，其时大汉奸、小汉奸真是不少。有名日本兵初进南京城时，没有发现他原先很害怕的中国军人，却看到街头两旁有许多举着日本太阳旗的中国人，他们嘴里喊着"日本万岁""欢迎皇军"的口号，脸上堆满了谦卑的奴才般的笑容。"为什么这些中国人就不恨我们？真是百思不解。"这名日本兵在日记里这样说。

在日军进驻南京城后，又有一些中国人为了从"皇军"那儿领取一份食物，他们竟然能领着日军，恬不知耻地将那些藏身于民众中已经脱下军装的中国守城军官兵指认出来，导致不少手无寸铁的中国军人活活被日军刺杀或烧死……

1937年12月13日是日军进驻南京的第一天，沿街的一些商店，就出现了为数不少的挂太阳旗的地方，甚至还有"欢迎皇军"的标语。到后来，这种现象就非常普遍。

自然，这里面有的是因为害怕日本人，但绝不排除相当一部分人在侵略者面前很快成为了出卖灵魂、求荣获利的汉奸与奴才。

战争时期这种汉奸现象，我们还能举出许多例子。其实在现在的中国，敌视我国、敌视我党、敌视我人民和民族、敌我不分、有一点儿好处就可以丧权辱国、出卖灵魂的国人，没有吗？少吗？

古人曰：居其地，而献其土，视为不忠。食君禄，而弑其主，视为不义。

卖国取利者，汉奸也；喜取小利、毫无忠义、爱玩是非者亦汉奸也；党内的、商界的、军界的、学界的投机分子，便是近汉奸也。

汉奸朝朝有，汉奸年年有，今天的潜在汉奸似乎更加多。这是一个可怕的现象，值得我们思考与反省。中国历史上，每每危难时期总是汉奸盛行而辈出，令人厌恶。然而和平时期的今天，我们难道不该清醒地意识到如今在我们身边"潜在汉奸"的现象吗？

信仰教育、党员群众路线教育、职业教育、情操教育、爱国教育、仁义教育、知恩教育，等等，又是何等的重要与紧迫啊！没有这样的教育，如果中国再度危难，汉奸现象将依然盛行……

二问：我们的民族是否还有血性？

在反思日本侵略者南京大屠杀的同时，有一件事我一直疑惑不解：30多万人，面对强盗的枪杀和残暴时，他们为什么就那么容易被征服和屠杀了？当然不能否认我放下武器的军人与市民赤手空拳，无法与荷枪实弹的日军拼个输赢。

当时，逃至下关或被押至下关的中国军人有几万人，他们不是没有人看出日本兵在一步步引他们进入死亡的圈套，而且相当多的时候，已经见了日军端起机枪朝自己的胸膛开火了。然而，枪杀现场却罕见有人站出来带头反抗，绝大多数人只是抱头弯腰躲枪杀，或者是期待别人的身子能够挡住飞来的子弹，结果是：你死我死大家全死了……这种场面太多，太惨！太叫人心寒。

我看了不少死里逃生者回忆当年大屠杀现场的文字，令人无比遗憾的是，竟然很难能看到有我军人和民众面对日军屠杀的机枪子弹而奋起反抗的情景。无数受难者，在日军架起机枪、射出疯狂的子弹时，想的是如何逃命，想的是如何躲在别人的身子后面留条性命，却几乎看不到有几个人奋起一搏，即使身死，也要保护友人的举动。

胆怯是人的天性，但没有血性的军队、没有血性的民族，像遇到日本侵略者这样灭绝了人性的军队，惨遭大屠杀是必然的。

在数万日军的队伍里，有许多人留下了战事"日记"，中国军队里的部分幸存者后来也写过一些文章，但我却罕见日本军人投降的例子。都说日本人有武士道精神，其实武士道源于我国最初的武术之中，可为什么我们这些发明和创造了武士道精神的后代们如此示弱、无为？他们为何宁可丢失宝贵的生命，而不起来进行哪怕是无谓的反抗呢？

不是绝对的没有机会。我见几个幸存者和日军的回忆里这样描述：有时一个班、一个排的日本兵，用几挺机枪、几十支步枪，便将几千人的中国俘虏、中国百姓杀得一个不剩——个别没死的是因为倒下在尸体中间装死才幸存下来！

"南京保卫战"和南京大屠杀的时间里，我看到了这种情况的大量存在。我因此感到特别郁闷，不禁感叹：中国人真的不如日本人？几百年都改变不了？

在不久之前，我们中国的年度经济总量超过了日本，也有人估计再过一二十年我们还将超过美国而成为世界第一强。中国真的很强吗？经济总量的世界第二、未来的世界第一，这完全可能是事实。但一个国家的经济实力并不能代表这个国家的人的强盛。通常是，精神的强盛和心理的勇敢才是真正的力量。靠自我吹嘘鼓起的力量，是虚劲假力，是扯淡。靠吹嘘而扯出的"蛋"必然还是软蛋。

抗战胜利已经七十年了，新中国也成立六十五年了。我们的独生子女的一代也有了自己的孩子，但我们的孩子和孩子们的孩子接受了多少钢铁般意志的磨炼呢？没有。几乎所有的孩子们都是温室里长大的，溺爱成为一种普遍的现象，饭来张口、衣来伸手是新一代中国人的形象，这样的一代难道不危险吗？这样的新一代中国人难道在南京大屠杀重演时不会躲在别人的尸体后面偷生或同样毫无反抗吗？这样的中国人难道还不是被日本人嘲笑"一百不敌其一"的失败者吗？

中国人如今太缺少血性！我们现在像一个虚弱的胖子，外表很好看，其实不中用！这不中用是因为我们民族精神里缺少坚强的、坚定的信仰和敢于牺牲的信念！我们的唱功远胜于实际的本领。这是最要命的事。

中华民族从来不是好斗的民族，我们从没想过侵略别人，我们一直在祈求世界和平。然而我们不能因为祈求和平而放弃强体硬骨的血性精神。一个没有血性的民族是软弱可欺的民族，是永远没有希望的也是不可能真正走向强盛的！

具有血性精神，并非等同培养野蛮。血性精神，包含着坚定、坚韧、勇敢、果断、视死如归、勇往直前、捍卫正义等内容。血性精神是锤炼出来的，血性是善良的永恒保证，善良是血性的空气和阳光。我们要做心地善良的人，我们要有血性和献身的精神。

三问：我们为何总是容易好了伤疤忘了痛？

南京大屠杀过去的时间并不长，但如果不是钓鱼岛纷争，如果不是安倍晋三一次次挑起事端，不知我们年青一代还有多少人知道南京曾经发生过如此灭绝人性的大屠杀事件？

中国人真的很好、很善良，因为我们太容易忘记许多不该忘记的事，包括日本侵略者曾经多次侵略我国，残害数千万人，抢夺无数财富等。

我们的"外交需要"时常帮助我们忘却这些民族的痛苦和
灾难留下的道道伤疤。南京人告诉我,上世纪八十年代初的相当
一阵子,很少提及南京大屠杀,因为那个时候中日两国处在"蜜
月期"。

"服从"和"服从意识"成了我们中国人的行为方式和习惯
思维。

可谁不知道,同样处在"蜜月期"的日本,他们从来就没有
停止过一次广岛、长崎遭受原子弹轰炸的纪念日活动!

我们当改变一下思维和行为方式了:即使与他国"蜜月"的
时刻,历史的记忆依然不该忘却。如果友好握手,就要抹杀和回
避历史上的一切,其结果只能酿造历史悲剧的重演。

这是人类史上的一条铁律,我们怎能无视?

四问:还能相信他们的假言假语吗?

南京惨遭日本军队的大屠杀,其中有一个原因是中国当时的
政府与军队太相信日本人的花言巧语。日本军国主义当年是打着
"东亚共荣"和"为解放支那而战"的幌子,一步跨海,踏上了我
中华民族的领土、残害我同胞生命。

中国和日本、美国,还有其他国家,都同在一个世界,同相
邻于一个太平洋。然而,尽管太平洋很大,尽管太平洋足够装下

10个美国、10个日本和10个中国，但我们从已知的历史岁月里可以预见，未来日子里，中国与日美之间的斗争是必然的，严峻的，甚至可能有一场世界级的战争冲突。原因其实很简单，只要我们中国不放弃中国共产党的领导，不放弃社会主义制度，不放弃祖先留给我们的国界线（包括海洋线），美日联手与我们做斗争的频率和严重性，将与日俱增。

对这一点我们13亿中国人务必清醒！

美日军事联盟是"二战"结束之初就确定的，以美国为代表的盟军因此没有像对德国那样对日本进行严厉惩罚，反而背着世界公正的力量，两国偷偷制定了《旧金山和约》……七十多年后，美国总统高调地在钓鱼岛问题上明确美日同盟的内涵与外延，种种迹象都证明了我们的基本判断。就像中国不会放弃中国共产党的领导和社会主义制度一样，美国怎么可能就放弃与共产主义、与社会主义为敌的霸权主义和"帝国战略"呢？中国越崛起，美日联盟越紧密。中国想靠经济发展来缓解或企图消除美日对我们的敌视，只能算天真的幻想。"经和政敌"是美国和日本等西方世界早已定下的与共产党领导的中国的一种基本交往战略思想，即经济上赚你的钱、政治上永远与你为敌。所以，我们应当时刻警惕、时刻准备；我们可以与他们握手，我们同时也要天天磨刀擦枪。

五问：为什么我们就不能注意点细节？

无数血的教训告诉我们：一个不注意细节的人，是不可能成大器的；一个不注意细节的国家，同样不可能成为真正强大的国家。

在南京大屠杀问题上的争议，笔者看了那么多中日双方不同人士的论点，差异的地方就是关于到底是"30万人"还是"不到30万人"的问题上，该不该把近10万的中国军人算进去的问题上。至于像个别日本极端分子所说的"南京大屠杀"是中国人"编出来的谎言"等话，根本没人信，因为当年远东国际军事法庭对南京大屠杀早已下定论，中国南京的军事法庭也对此有法律判决。然而，有一点不能不提醒国人：我们在对待和处理有关被日本军队残害致死的人数和人员分类问题上的混乱，确实很容易让人当作攻击我们的话柄。比如，我看到当年的南京政府重要人物所发表的文章、讲话，甚至是一些诸如警察厅官员记载的日本军队进攻前南京城内的人数时，一会儿说是还留有"20多万人"，一会儿又说"约50万人"，到底是多少呢？没有一个准确的数据。战后几十年，不同政府、不同组织，也多次对南京大屠杀的死亡人数进行过统计、调查，但都是不全面的、零碎的、临时性的，缺乏严谨的、科学的、系统的、精细的调查与统计，这就给某些别有用心的日本右翼分子钻了空子，甚至让中立的和友好人士也感到无法帮助我们。

日本人对广岛、长崎惨遭原子弹轰炸而遇难者的统计相当精细——每年都要把名单在纪念日时重新整理、补充漏落者，这项工作至今仍在进行。

30余万，这个数字好大呀！30余万人排列在一起，向我们走来，将是何等的气势！30余万具血肉模糊的尸体如果横在我们面前，又将是何等的恐怖与悲惨！他们可都是被野蛮的侵略者屠杀而亡的呀！可——可我们依然还不知他们姓甚名谁，他们的家在哪里。

我们不知道。我们无言以对30余万亡灵。

亡灵在金陵的莫愁湖里哭泣。亡灵在下关的长江里呜咽。亡灵在钟山岭上呼喊——呼喊什么时候把他们的名字记起，呼喊什么时候才能让日本右翼分子们的嘴巴闭上……

当时拉贝先生他们的"安全区国际委员会"留下了一份份史料，我经常为这些洋人们所记载的日军抢劫后他们住处丢失物品单子而感叹，因为这些物品单上不仅把每一样丢失或损坏的东西记录得清清楚楚，甚至连一个杯子几元几毛、日本兵损坏的一张桌子少了一条腿等这样的细节都清晰无误地写在纸上、装入文件档案内。

我们再强大，也决不能忽视哪怕是并不重要的细节。

六问："卧薪尝胆""韬光养晦"是说出来的大智谋?

任何一个国家和另一个国家之间的交往，其尺度和真实意图，实乃最高机密。日本对中国的侵占和企图，不是从发动甲午战争的 1894 年和后来的 1937 年的"七七事变"开始的，而是比这早四百多年的十六世纪的丰臣秀吉时代便有此动议。那时丰臣秀吉在一统日本列岛之后，就率领 15.8 万名武士，大举进攻朝鲜，然后想借朝鲜作为跳板，企图"啃"一口大明国的肥肉，结果失败了。然而这并没有改变日本侵犯中国之野心与阴谋。直到十九世纪末，他们得逞了一次。差不多半天的工夫，就把大清国的海军摧毁了一半。尝到甜头的日本人，后来又一直在寻找机会以更大的胃口来窥视着中国这块"肥肉"。上世纪二三十年代，我国内军阀混战，日本人又找到了机会。诡计酝酿多时后，日本侵华战争终于爆发，于是也有了第二次世界大战的东方战场——这个战场以中国为主。

中国自晚清帝国衰败之后，一直为列强任意吞并的弱国。毛泽东领导中国共产党人完成了创建新中国的伟业；邓小平作为改革开放的舵手，引领国人把一个贫穷的国家建设成初步富裕的新兴国家。这让个别国家感到了恐惧，同时也引来了想吃我"唐僧肉"的饿狼恶狗，更有那些西方反华势力，他们每时每刻都在虎视眈眈地盯着我们的一举一动。

我们怎么办？我们要发展，我们想和平，我们甚至还惹不起他们。可人家就是贴着身子要惹你……怎么办？邓小平高瞻远瞩，制定了"卧薪尝胆""韬光养晦"的战略决策，因为我们距离建设现代化强国的道路还很远。

"卧薪尝胆"的典故，中国人都知道，那是何等的深谋远虑、何等的坚定意志！"韬光养晦"也是典故，更是中国文化中的精髓与境界。在国际事务中，我们尽量求和，不说话，少说话，说好话；在各种争端中，我们不沾边、不冲动、不举旗……总而言之，我们民族的本性与本质，我们血脉里的和气与和善，将永远主导我们的行为。

七问：内耗为什么总比抵御外力强？

按说南京守城军十五六万人，尤其是蒋介石还把精锐的教导总队（3万余人）留下，却依然经不住日军一两天的打击，便全线溃败……这是为什么？是日军就那么厉害？是我们的装备就那么差？从我所看到和掌握的材料看，当时南京敌我双方的兵力是2∶1，即我十五六万人、日军约8万人，装备各有优劣，但我方是守城，尤其有高而坚实的古城墙外加护城河的天然屏障的防护，且还是居高临下之势，又熟悉环境与地理，怎么可能就那么几个来回便溃不成军了？

　　原因很多，但"国军"内部的相互消耗、互不信任、各自为政、临阵改辙是重要因素。蒋介石用闲职多年的唐生智当守城最高指挥官，本来就不是一着正经的高明决策；而唐生智"主动请缨"又本身带有想借机重握兵权之不纯居心。城内部队的混杂，防御工事又属临时抱佛脚，再加上淞沪大战时的南京城里，已充斥着随老蒋搬家迁都的惶惶不可终日之消极悲观情绪；城外抵抗部队又是从千里之外的四川、广东等地急调而来，人生地不熟且不说，穿着单衣草鞋的川军，数十天长途跋涉，每天在又饥又寒的江湖边阻击日军，而在他们的身边，洋装备的蒋介石嫡系部队则不战而逃。湖州、芜湖一线的我方守军——川军将士们怎么能受得此气！在日本兵临城下的 1937 年 12 月 10 日至 12 日的这几天中，原本"固若金汤"的南京城墙内外，都有坚固的军事工事和守军，如果相互配合，完全有可能拖垮甚至拖死日军，然而我们的"国军"，"相互配合"无从说起，只知"保护自己实力"，"不管友军死活"。所以在很大程度上，导致了日军能够攻克坚固的城墙并利用各个击破之战术，完成攻城战役，造成后来的"屠城"悲剧。

　　对外，软弱无力；对内，彪悍强横，这大概也算一些中国人的一大特性吧——我指的是不少人所患有的通病。

打内架，"修理"同事、同行、同族人、同路人的本事，可谓招招见血、事事顶呱呱。挖空心思、无中生有、造谣陷害，你死我活之快乐、你损我获之满足，这是我们许多中国人的本领和能耐。有些人一生没有干几件让人家想起来的好事，一旦干起坏事却能"垂留青史"。

"内功"太好的人，害自己的同胞，他们其乐无穷。当外来的侵略者和挑衅者出现时，这样的人便再也见不到行踪。

南京大屠杀时，一部分中国人是这样；南京大屠杀七八十年后的今天，我们的社会里、我们的身边人，似乎还有人"内功"越来越厉害，而抵御外力的能耐却继续在弱化。

难道不值得提醒？不值得敲起警钟？

八问：我们的军队成吗？

日军攻克南京城后的第五天，其最高指挥官松井石根进城，日军在中华门至"总统府"路段举行了隆重的"入城仪式"。这是"皇军"炫耀他们的"伟大胜利"，有当时的日本媒体报道，日本本土在那一天也同步举行了声势浩大的"庆祝游行"活动。对日本而言，那一刻是他们梦想成真的"光荣"时刻，因为四百多年前，他们的祖先丰臣秀吉就有吞并大明帝国的梦想。日本人的这个梦想用了四百多年的时间，能不让这帮强盗"欢欣鼓舞"嘛！

在这次"入城仪式"上，有一幕情形我们国人基本上没听说过，也没见过。在查阅敌我双方的历史资料时，我看到了——我看到在松井石根检阅自己的"英勇部队"时，有一个方队格外引人注目，他们个个穿着整齐的军服，每人胸前挂着一个用白布包着的盒子，官兵们将这个盒子用同样的白布系在自己的脖子上，挺着胸膛。"那个白色的盒子格外醒目地刺入我们的眼睛，他们可都是我们的战友和老乡的遗骨及遗物……看到这些，我们的心情异常沉痛，发誓要为他们报仇！"这是日本兵当天日记里的话。那一幕，我感觉十分恐怖，也十分震撼，因为它让我想到了许多——

它让我想到了日本军人的素质教育与培养：他们平时接受"效忠天皇""为国荣耀"的信仰，即使天崩地裂也很难改变。再看看我们的"国军"，一盘散沙。平时既没有预备兵役制，更不用说民防意识、全民备战体系及国民军事训练机制等等。"拉壮丁"式的兵役，部队编制又以各个派系组成，混杂纷乱。仅此一点，与日军相比，仗未打，就基本上先输了一半！

今天的军队难道没有值得改进的地方了？我看更有内容和形式上根本改革之需要。日本现在用的是"国民自卫队"式的部队，但这只是"名称"而已，它的战斗力和训练水平、装备等绝不比我军差。看起来，现在他们的自卫队人数远远少于我军，但一旦战争起来，他们的"乡土部队"便能在短时间内集合起比我军数量大几倍的军队力量，因为他们的预备队和年轻人平时的战备意识、战备训练远远超出我们。他们的这种军事训练就像对付地震等自然灾难训练一样，已经养成"国家习惯"与"日常生活"的必需了。可看看我们呢？我们有这样的体系和机制吗？我们也有预备兵役制，可怎么训练的？我们也有地震发生，可听说过全民性的地震知识训练吗？可以断定，同样在首都发生一场大地震，东京死1个人，北京至少得死10个人，为什么？因为我们根本没有防震意识，更没有逃生技术训练，人家就大不一样了！这难道不值得我们学习一下吗？

九问：新一代人应该牢记些什么？

从很多可以获取的信息中，我们能够得出一个基本的判断：今天日本的年青一代其实真正知道"南京大屠杀"的人很少，这除了他们不是很愿意了解别国历史的原因，日本右翼势力对"南京大屠杀"的否定也是一个重要因素，因此日本青年不了解"二战"时期他们的国家给中国和亚洲及世界所带来的深重罪孽。相反，这些年，日本右翼势力一手制造的中日两国因为钓鱼岛等领土的争议，也在很大程度上抵消了当代日本青年自觉自愿去客观地了解和认识南京大屠杀历史的意愿。

日本人怎么想、怎么看历史，我们能用的办法有限。

中国年青的一代如何看待如"南京大屠杀"的事件，从而如何来树立正确的爱国观、人生观、价值观，这是我们需要重视的问题。不能不说，我们的年青一代都很聪明，有能力，辨别意识也很强。但他们身上也有不少毛病，比如对历史并不会像老一代特别是亲身经历的人那么刻骨铭心、那么执着坚定，这就需要不断地加强教育与灌输，国家现在举行抗战和"南京大屠杀"的公祭活动就是一个很好的形式。但这还远远不够。一个仪式上的沉默与哀悼，只能在大环境、大氛围中瞬间感动与触动，只有通过深入的了解、冷静的思考、潜移默化的灌输，才能形成主张与观念，才能形成信仰与意志，并从历史的经验与教训中认识个人层面和国家层面及时代层面等种种深刻的问题，在一个人内心构筑起信仰、坚定住主张。

十问：假如侵略者的屠刀再次举起，我们准备好了吗？

在太平盛世的今天，像这样的标题和问话，似乎有些耸人听闻，或者是无稽之谈。我相信也是这样。然而大家应当清楚，战争并非是以我们的意志为转移的。一个国家的命运和一个国家的人民的命运，其实也可能会在瞬间出现完全违背人们意志的变化。

我们把《义勇军进行曲》作为国歌，提醒我们的就是"中华民族到了最危险的时候"——这样的危险时刻，每天都有，每个人都可能遇上……到那个时刻，我们该怎么办？

对于世界，我也有一句话：我们共同生活在地球上，制度和价值观可以不同，但我们都爱好和平，期待幸福，有爱心，那么为什么就不能永远和平相处，仁爱以待，各自绽放各自国家和民族的鲜艳一面，让我们的地球不再流血、不再有战争呢！此话尤其要告知我尊敬的美国和日本。

"十问"已完成，但似乎还有些话要说。是的，和平是我们永远的期待，但战争也可能伴着人类发展而变得越来越近。正是因为可能有新的更大的战争在等待和威胁着我们，所以我们才会特别在意不让历史的悲剧重演。旧的创伤毕竟存在，关键是我们如何对待。制造战争和造成他人创伤的国家，毫无疑问更应当遏止霸心，压抑欲望，承认错误，重塑仁慈，摒弃恶劣。而对饱受战争之苦和身带旧伤的国家及其人民来说，更应"前事不忘，后事之师"。

和平是我们永远的追求。牢记历史教训、防止悲剧重演，是我们不能动摇的信仰。

希望我和我的子孙不用再重写"南京大屠杀"，而将它当作一首凄怆与激奋清醒的老歌世代传唱下去……

发表于《人民文学》2014 年第 12 期

曾获《人民文学》优秀报告文学奖特等奖